ひとりなら、それでいいじゃない。

曽野綾子

Ayako Sono

ひとりなら、それでいいじゃない。

曽野綾子

Ayako Sono

ポプラ社

前書き

　この頃私は、今、この瞬間に自分が何をすべきか、神の（天の）命令があると思うようになった。別に天から声が聞こえるというような大したことではない。ただ、今日は誰それさんが見えるから、私が頂いていたすばらしいお魚の干物のうちの数枚を分けよう、とか、飼っている二匹の猫には夜も充分水が飲めるようにしておいてやらねば、という程度のことである。

　嵐が近づけば、私は戸締りを確認し、植木鉢が落ちて割れないようにする。つまらないことだが、やはりそれは安全のために仕方なくすることなのだ。

　こういう感じ方は、別に何かに責任のある人の重責というわけではない。今、この瞬間、自分が守るべき命の総てに対して責を負っているのである。

　とすると、どの人の存在の価値も同じということになる。

第1章 ✿ 生活を変える　17

第2章 ささやかな幸せを重ねる 59

第3章 自然体で生きる

第4章　耐えて咲く花ほど美しい　133

第5章　折れない心をつくる　159

第6章　新しい自分を発見する　191

装丁　bookwall
撮影　永峰拓也

第1章

生活を変える

片づけは人生後半の楽しみ

　ここのところずっと身辺整理をしている、と書こうとしたが、私は中年以後、いつも整理を趣味として生きてきた。

　忙しい生活をしていると、毎日大量のゴミを溜めて生きているのである。それで、二、三週間に一度か、半年に一度は、書斎に溜まった紙類を徹底的に捨てる作業をしなければならない。

　しかし私の家は、私の「捨て魔」的趣味のおかげで、どうやらまっすぐ歩ける程度には片づいている。家庭のお掃除を手伝っている女性から「いろんなご家庭の中には、家の中をまっすぐに歩けないほどものの多いお宅もあるんですよ」という話を聞いたことがあって、人間の骨格や機能を考えると、取り敢えず二、三歩はまっすぐに歩ける空間を、自分の家の中に作っておくことは意味があるように思う。人間の思考も、直進する時と、曲がる動作をする時とでは、質が違うかもしれない。

人生が百年近くなって、九十歳代の人がいくらでも町を歩いているようになった。とすると、後片づけ中の世代が実に多いのだ。後片づけという作業は私の体験によるとなかなか爽快なものなのだが、死の前に、最後の楽しみを味わうのは決して悪いことではない。しかし世間にはゴミに埋もれて死ぬ老人の話の方が多いように思う。

私の身辺には、賢く毎日を楽しんでいる人が多い。小さな庭の木の剪定《せんてい》、温泉や銭湯巡り、古布を活かす屛風作り。どれも後片づけを楽しみに変えている。人生後半の楽しみには、この手の技術が要る。今さら大きな目的のために、力の限りを込める仕事を始める年ではないからである。

しかし、片づけが全くできないと、立つ鳥があとを濁すことになる。死ぬ前にちょっとばかり、「成功した人生」と思われる程度の生き方をしてから死ぬのも、しゃれたものだ。

人の生涯と家の痕跡は、共に使い尽くして軽やかに消えるのが願わしい

夫に言わせると、私たちの家の最大の成功は、コンクリートの家を造らなかったことだという。明日にも東京に大地震が来れば、木造の家はあっさりと焼けてしまうかもしれないのだが、夫はまもなく私たちの死と共にこの家を壊す日のことを考えているのであった。

今のビルは、コンクリートでも、意外と簡単に「撤去」することが可能なようになっているという。しかしそれでもコンクリートと木造の家とでは、壊すための費用が違う。木造の家は三日もあれば跡形《あとかた》もなくなる。

既に私たちは、木と布と一部化繊と紙とスレートと小さな金属片だけで作った家を、約半世紀も使った。最近のプレハブの家の明るさと快適さと、何よりしゃれた細部を見て、私も時々家を建て替えたいと瞬間的に思ったことは何度もあるのだが、夫はこの古家を五十年以上使い込み、私たちの死後に倒壊寸前で壊せば、

それが一番無駄でないのだという。
人の生涯と家の痕跡は、共に使い尽くして軽やかに消えるのが願わしい姿だろう。

煩悩と禁欲の狭間

日記、写真など、子供がぜひ残してくれ、と言わない限り、老人と呼ばれるようになったら、少しずつ始末して死ぬことだ。ただこれが、私にはなかなかむずかしい。

衣服はもうあまり買わないようにしようと思うし、食器なども、客用のいいものをどんどん使って楽しく食事をして、もうこれ以上数を増やさないようにしようと思うのだが、旅に出てきれいなものを見るとつい欲しくなる。こういう煩悩は切り捨てるべきだということはわかり切っているのだが、あんまり禁欲的になると生きる意欲が削がれる場合もある。

ただ全体の方向としては、減らす方向に行くべきだ、ということだけは、心に銘じておいたほうがいい。

これは私の全く個人的な目標なのだが、私は自分の写真を残すとしたら五十枚だけにしたい、と思っている。もうすでにかなりの量を焼いた。私から見て叔父叔母は懐かしい人たちだが、その人たちの結婚式の写真なども焼いた。私の子供の時代になったら、もう会ったこともない人たちのことはほとんど興味を持たなくてもしかたがない、と私は思っている。

棚一段整理すると今日の仕事は終わり

三十年前の自分を考えると、私は決して整理のいい人間ではなかった。本の山の中から自分が必要な本を探し出し、その中の左ページの下段近くに目的の個所があり、というような動物的記憶を自慢していた。

しかしこの頃かなりの片づけ魔になったのは年のせいである。もっともまだ少し雑事も残しているので、棚一段ずつ整理するとそれで「今日の仕事は終わり」にしたくなる。

死が近くなるとケチになるというが、私もごく自然にその気配が見えてきた。守銭奴になったというより、使わないものを置いておくのがもったいない、と感じるようになったのである。

そのもの自体の命、それを作った人たち、に、申し訳なくなったのだ。

棚や押し入れの空間もまた私は貴重だと思うようになった。まだ地価の高い東京では棚の面積もばかにならない値段だろうし、それを必要なもので満たせる可能性もまだ残しておかねばならない。新しく買いたい本や食器はどこに置けるか、頭の中で予定を立てる必要もあるのである。

人は物でも栄養でも溜めると毒になる

昔、病気と言えば結核がもっとも代表的なもので、結核という英語の表現は、消耗という意味と同義語であった。それほど、昔の病気の姿は、栄養でもカロリーでもビタミンでも「足りないこと」から起こるのが普通であった。

しかし今、病気は、あり余ることによって起きている。コレステロールも、カロリーも、脂肪も、多過ぎるから、肥満も、動脈硬化も、糖尿病も癌も起きるのだ、と私たちは教えられる。

人間の体では、吸う息と、吐く息の釣合いがとれなくてはいけない。呼吸は少な過ぎてもいけないが、多過ぎるのも過呼吸という病状だという。喘息も吐く息と吸う息の釣合いがとれなくなる病状に苦しむ。

胃腸も同じである。人間は適当に食べ、適当に出さなくてはいけない。出し過ぎは下痢だが、反対に傾くと便秘になって苦しむ。

だから、私たちは適当に持ち、適当に補充し、常に適当に身軽な生活をするのが賢いのだ。食べ過ぎたカロリーは贅肉《ぜいにく》になり、買い過ぎた衣類は着る機会もない。多過ぎる品物を家に置けば、人間の使える空間がつぶされてしまう。

そのバランスが崩れる場合も、時にはあるだろう。

お歳暮やお中元の品物が、デパートの倉庫のように溜まるお宅の話も聞いたことがある。財産も、使えないほど増える人もあるだろう。古着を押入れいっぱい持っている人はどこにでもいるのである。その場合は、やはりせっせと人にあげ、有効に使うことなのである。そうでないと、溜まった毒がその人の健康を冒す。多くもなく、少なくもなく、それぞれの品物を、むだにせず生かして使うことが美しい。

人間の暮らしは、水捌けと通気がよくなければならない

笑うということは風穴を作ることである。つまり圧抜きだ。圧を抜きさえすれば、風船は破れないし、タンクも破裂しない。私は畑をするようになってから、植物を育てるには、五つの要素が同じ重さで大切なことを体験として知った。肥料、水、太陽、土壌、風通しである。実際に畑をする前には、作物に風通しなどというものがそれほど必要だなどとは、全く考えもしなかった。しかし残りの四

つがすべて満足に与えられていても、風通しが悪ければ植物にはたちまちのうちに虫がわく。そして精力を吸われて成長しなくなる。

嫌なことがあると、気晴らしに買物をするという人もいる。やけ食いをするという人もいる。喫煙、コーヒーなどが心を救う時もある。どれも人間の心の危機を救ってくれるなら、いいものだと思う。しかしできれば、日常的なやり方で、溜まったものはその日のうちに吐き出した方がいいと思う。

巡らす、ということは、考えてみれば、なかなか味のある行動である。水も滞ると腐る。人間の暮らしでも、水捌《みずは》けと通気はよくなければならない。体の「通じ」をよくすることはもちろんだが、お金さえも溜め過ぎてはいけない。周囲にご迷惑をおかけしないためには、いささかの貯金をもつことは必要だが、ひどく溜め過ぎると滞って精神を腐らせる。

夫が亡くなっても時間の流れは変わらない

二月三日早朝、私は病室のソファで目を覚まし、夜明けを待った。朱門は終始血圧が下がって、時には最高血圧が四十八くらいまでになった時もあったが、それでも自力で持ち直して生きていた。死の前日は最高が四十九、最低が二十であったが、血中酸素の量が、四十八くらいまで下がっていた時もあったのに、その朝は六十三あったので、ここのところずっと不規則な生活をしていた私は、せめて朝のシャワーを浴びようと思った。ほんの数分である。浴室を出て来ると、既に朱門は呼吸していなかった。

四日夕方、ちょうどボリビアから帰国されていた倉橋神父さまが来てくださって、我が家で内々だけの葬式をした。とは言っても、どこから洩れたのか、四日のテレビが死を報じたので、私たちはあちこちから電話を受けたが、「いつ、お別れの会をしますか」という問い合わせに、「そのようなものはいたしません」

と答えていた。朱門も私も自分のことで人を煩わせるのが、昔から好きではなかった。そうでなくても、生きていた時にいろいろと迷惑をかけている。その意味での感謝は深い。その上死んでまで、忙しい人を呼び出すのは、私たちの好みではなかった。

倉橋神父の葬儀は、出席した人が驚くほど明るい幸せなものだった。家族と数少ない知人と親戚だけで、神父は、今日は朱門の魂の誕生日だと言われ、その場で祭服の下からハモニカを取り出して「ハッピイ・バースデー」を吹いてくださったので私たちは皆で合唱した。朱門の死の周辺には、ほんとうに暗い要素がなかった。

葬儀のミサが終わると、私たちは朱門がよく行っていた近くの中華料理屋さんに歩いて移動し、そこで「誕生祝い」の会食をした。秘書は目的を知らせずに二十人分の席を予約したので、ご主人は当然今日も朱門がいると思っていたらしいが、その晩は姿が見えないので、私に尋ねた。

「今日、三浦先生は来ないのかね」

すると私が無表情で答えたと、友達の一人は言うのである。

「昨日、死んじゃったんです」

その時の中華料理屋さんのご主人の凍りついたような表情が気の毒だったと彼女は言うのだが、私にすれば何と言えばよかったのだろう。私は最近、ともすれば、情緒欠損症だと周囲に思われているらしいのだが、それが私の自己防禦本能の結果だったと思えなくもない。

旅立つ人の時間が早すぎるなどという文句はない

亡くなった夫の生前からの希望で私たちは世間的な葬式を出さなかった。私の実母の時もそうだった。集まれる限りの身内が集い、そもそもは居間と食堂だった洋間で、知人の神父に葬儀のミサを立ててもらう。その日、手が空いている神父にお願いするというのが原則だ。それから参列者で食事をする。それが我が家の葬式だった。朱門の時も、私たちはそのようにした。（中略）

それにしても私たちは住みなれた自宅で葬儀ミサをし、葬儀社の手を借りて翌日火葬場が空いているのが早朝一番だというのでその予約をした。今もそうなのかどうかわからないが、二〇一七年二月初旬頃の火葬場はひどく混んでいて、会葬者がたくさん集まれる時間帯など選んでいたら、一週間先でも予約が取れるかどうかわからなかった。

そういう時、家族の好みというか、生き方が如実に出るものなのだ。夫も私も「空いている時でけっこうですよ」と言うに違いなかった。

生きている時、私たちは小市民的で、飢えも寒さも経験しなくて済む生涯を送れた。戦後の平和な時代に巡り会えた運もある。私たち一家は、自分で働く場を得て安定した収入を得ていたからだとも言える。

とにかく私たちは人間として、この地球上で恵まれた生活をさせてもらえたのだ。生涯でたった一度使うだけの火葬場の時間などに、文句を言える立場にない。私たちは便利な大都市に住んでいて、何時でも死者を見送れるのだ。

考えてみると、旅立つ人の時間が早すぎるなどという文句は、我が家でも言ったことがなかった。私たちは今まで、取材や海外旅行などで、ずいぶん朝早くも夜遅くも家を出たことがあるが、そういう出発の時間はすべてに優先していて、家族が見送った。

最期の旅もそれと同じようにしようと、誰もが言うに違いなかった。

人間の生活に幕引きがあるのは万人に等しく訪れる疲労があるから

私は九十一歳の老人としては、そんなに先が長いはずがない、と朱門のことを思って、身を削るほどの努力をして仕えた記憶はなかった。

それに彼は、最期にたった九日間入院しただけで自分の生涯の幕を引いた。それ以前は自宅の本置き台のある部屋で、普段通りの生活をして過ごせた。入院した時、十五分くらい私といつもと同じユーモラスな会話をして、それを最後に昏睡に落ちた。こんな恵まれた最期を遂げられたのも、日本が恵まれていたからだ。

そして私が救われたのは、人間の生活の苦労に限度も幕引きもあるのは、戦場の最前線にも、登山や航海の途中にも、万人に等しく訪れる疲労があるからだと最近悟ったからである。

時が経てば不思議な解決が見えて来る

それでも六月はやはりしっとりしたいい月だったのか、私は毎日何もしていないのに疲れ果てて、来る日も来る日も寝ていたこの冬の生活から少し脱した。必ず台所に下りて来て、余計なことをしている。余った野菜でスープを作ったり、自分の好きな味で地魚を煮つけたり、ちょっと出かけたり、どなたかとお会いするような日が増えて来たのである。

誰かが言っていた。心配することはない。ものごとはすべて変化する。ひどい痛みはいつかよくなるか、死んで終わるかする。親子関係の難しさも、両方が年を重ねて来ると、必ず不思議な解決が見えて来る。多くの場合、両者の関係が消えてなくなるのだが、状況は必ず変わるのだ。

私の体はボロ雑巾みたいに使いこんだ痕跡を残している

現在、私には長年かかりつけのマッサージ師の女性がいるのだが、彼女が言うのである。

「この体は、実によく使って来た体だねえ」

「そう思う？　触るとわかるの？」

「わかるよ。使える限り使って、もういつ捨てても惜しくない体だよ」

褒められたのだか、けなされたのだか、わからない。小説の原稿が売れ始めた頃、マスコミの誰もが私のことを「お嬢様作家」だと言った。だから人生の究極を知らねばならない小説など、とても書けないということらしいのである。私はそれに対して何も言わなかったが、他人の生活を知らない人は、黙っていればいいのに、と思っていた。

だから私は今でも「人物論」を書かない。少なくともその当人をよく知らない他人の場合は人のことは実録として書かないほうがいい。私のことだって、往時のマスコミ関係者より、マッサージ師の方が人間がわかっていたと言える。そしてその彼女が、私の体はボロ雑巾みたいにいつ捨てても惜しくないほど使って来た痕跡を残している、と言う。

事実私は、夫の死後ひどく疲れているのを感じた。いくらでも、いつでも眠れる。私は時の癒しというものを信じていたから、眠りによって時間の経過を稼ごうとしていたのかもしれない。

私はかつて私自身が翻訳をしたリン・ケインという女性作家の『未亡人』という本の中の或る個所を思い出していた。他のところはほとんど忘れているのだが、その部分だけ「これは大切な内容だ」と当時から思っていたのである。

それは配偶者の死後、残された者は、一年間くらい何もしないほうがいいということだった。急に転居したり転職したり、株に手を出したり家の修理をしたりするのは一切やめた方がいい。多分、疲れ切っている「生き残り」はすべてのことに判断を誤る可能性が高いからだろう。私はまさに、その時期に該当していた。

書き仕事ができなくなったときのために始めた養鶏業の顚末

菜園を造り始めてしばらくすると、私は深刻な眼の病気を患っていた。そのまま悪い方に向かって視力を失えば、私は執筆することがかなり困難になるはずだった。それでも生きていかねばならない。そうなったら、何でもいいから手さぐりでできる小さな仕事をふやしていかねばならない。鶏を飼おうと計画したのも、その日のためだった。しかし私の養鶏業が成功しなかった理由もついでに書いておくべきだろう。私が数羽の牝鶏の間に入れておいたたった一羽の牡鶏のせいだった。彼は自分の存在を示したいのか、まだ暗いうちから精一杯の声で啼くのである。

それは大変「いい声」で、未明から沖に船を出している同じ村の漁師さんたちからも「おたくのおとっつあん鶏は、いい声で、沖の方でもよく聞こえるだよ」と言われるほどだった。ただその時間が午前二時過ぎなのである。私たちは自家の牡鶏のために、必ず午前二時台に目を覚ますことになった。夫はそれに往生して、村で「ヒナを孵《かえ》すから牡鶏もほしい」と言う人に「牝鶏もろとももらって下さい」と言ってあげてしまったのである。

老人は皆、罅の入った茶碗のようなもの。だから洗いすぎない方がいい

いつも言うことだけれど、老人は皆、罅《ひび》の入った茶碗のようなものなのである。昔の人は、陶器の扱いも心得ていて、湯飲みなど、茶渋をきれいにしようとして、ミガキ砂などであまりごしごし洗わない方がいい、と私に教えてくれた人もいた。それは、たいていの場合湯飲みには罅が入っているからで、それをそのまま使いたいなら、あまりきれいにしない方がいいというのである。

もっとも私は茶渋に不潔感を覚えるたちで、割れるのを承知で洗剤とタワシで洗っていた。だからと言ってざっくり割れてしまったという記憶はなかったから、昔の人の知恵はあまり正しくはなかったとも言える。

しかし洗いすぎない方がいいという説は、何となく人生の機微を伝えているようだった。人間は汚れていて、自然なのだろう。それに私は、罅が入ってもなかなか割れない茶碗が、「しぶとい」存在に思えて愛着を覚える性格でもあった。

よくできた息子や娘ほど、自分の親たちにいわゆる「いい生活」をさせたがり、新しく家を建てたり、マンションに引っ越したりする。すると親世代は変わった環境に耐えられなくなって、ひどいことにもなるのだ。

洗面所の使い方だって、今まで通りなら何も困らなかった。しかし新しい家になると、洗面所で馴れないカランをいじっているうちに熱湯が出てきたりする。今まで通り古い家に住んでいれば、トイレの失策をすることもなくて済んでいた認知症の老人が、新居に移り住んだとたん、押し入れで用を足してしまったという話を聞いたこともある。今までの家なら夜中に起きても、右の方に五歩歩くと、そこがトイレのドアだというふうに、体が覚えていたのである。

しかし孝行息子が新しいマンションを用意してくれたりすると、押し入れをトイレと間違えるようになった。いままで一人で暮らせていた老人が、突如として厄介者になったのである。こういうことはよくある。罅割れ茶碗の扱いには、哲学も要る。

鏡に映し出された自らの真実をじっくり見るならば……

笑うということは偉大なことだ。人はどういう時に笑うかというと、自分の姿を鏡に映し出されたような真実を告げられた時に、思わず笑うのだから奇妙なものである。事実をじっくりと見る時、人は自分だけでなく、世間にも同じようないびつな人生があることを知って気が楽になり、解放された気分になる。自分一人が不幸なのだ、と思い込むことがなくて、自分も皆の中の一人だと思えるのである。

「なになにでありさえすればいい」という現実は辛辣さも孕んでいる

もう一つ言えば、この世のことは、すべて何かと抱き合わせになっているというのが私の実感で、なになにでありさえすればいい、というのは恐れを知らぬ者の言うことである。健康だけは文句なくいいという気がするが、それとても、私一人が年をとって生き残り、かつて一緒に笑ったり喋ったりした貴重な友人たちが一人もいなくなっても、まだ生きているさまを想像すると、健康や長生きにさえ、手放しで喜べない要素がある。

人間らしい会話に必要なのは技術ではなく、信頼と共感

鋭い質問を浴びせかけるタイプの記者は、一見切れ者に見えるが、実はほんとうの談話は取れない、ということがこの頃ようやくわかってきた。会話というの

は、どんな人との間でも、普通は友情と誠実と尊敬の上になりたつ。もちろんそれ以外の心理で行われる会話もあるだろうが、それは人間の会話ではなく、「質疑応答」あるいは「交渉」になってしまうのである。

聞いて答えさせるなどというのは、取材方法としては最も稚拙なものだろう。一番すばらしいのは、聞かなくても相手に喋らせてしまうことだ。それには、質問する側、つまり記者たちの全人格がかかっている。この人になら、打ち明けたいと相手に思わせるような人格だ。そうでなければ、特に政治家とか実業家とかいう人は、辻褄《つじつま》を合わせたりケムに巻いたりして、決して本心を打ち明けたりはしないだろう。

人生は、技術ではない。人生には誠実がいる。ただ誠実というのは、自分はいいことをしている、嘘をついてはいない、などという単純な自信に満ちることではない。誠実とは「もののあはれ」を知っていることだ。といっても、今の若い人にはわかるかどうかわからないが、別の言い方をすれば、共にこの世には哀しさがあると感じていることだ。この共感がある時初めて「シンパシイ（同情、共感）」が生まれる。

「シンパシイ」はギリシャ語の「シュンパセイア」という言葉から来ているという。「パセイア」は「パトス（堕落した情欲）」から出ているが、「シュン」という言葉は、ギリシャ語の中でも私の好きな接頭語である。それは「共に」という意味である。相手と同じ立場に立って同じ感情を持つことが「シュンパセイア」なのである。

もし人間の心に高慢さや、高度の自信や、相手を見下した思いがあったら、決して「シュンパセイア」を持つことはできない。同じ思いを持てる時、多分人は相手を信頼して心を開く。考えてみれば当たり前のことだ。

尊厳と礼儀に支えられた会話の相手とは、もう数分余計に付き合いたい

ヨーロッパやアメリカに住む私の日本人の女友達は、揃いも揃って会話が楽しいということが、一つの特徴だと感じるようになった。

たとえば催しものの会場などで、案内所に人だかりがしているような場合、案内係が、誰からどの程度ていねいに相手になってくれるか、ということはこちらが受ける便利さの程度において重大な違いが出て来る。しかし私の友人がものを尋ねると、みんな魔法にかかったようにていねいに教えてくれる。

まずきちんと「おはようございます」「今日は」に当たる挨拶をするし、質問に答えてもらった後には必ずていねいにお礼を言う。そうしてもらって当たり前なのではなく、こんなに親切にしてもらえたのは全くの幸運だったという感じでお礼を言うから、相手も気持ちのいい笑顔を返してくれる。

そういう人の特徴は、誰とでもいい、この世の一瞬一瞬を、楽しくするように心がけているということである。

考えてみれば、誰だってこの一瞬一瞬が楽しい方がいい。インインメツメツな会話をされたら、逃げ出したくなって当然だ。その反対に尊厳と礼儀にきちんと支えられた会話の相手とは、もう数分余計に付き合いたい、と反射的に思うものなのである。

他人に親切にではなく、冷酷になれという教え

もう一つ、私が夫から教わったことは、これはかなり高級な判断であった。夫は私に、他人に親切にではなく、冷酷になれ、と教えたのである。世の中の多くの人間関係は、他人が口出しできないような部分が多く、従って当人をよく知らない他人の親切というものは、嬉しいよりも面倒に思われる場合が多い。だから、親切という形で、じゃまをしない方がいい、と夫は言ったのである。

おもしろいことに、そういう彼自身は、あまり人情的ではなかったが、不親切ではなかった。そして私は、親切であることが他人を困らせるなどという事実を考えたことすらなかったので、そのからくりを大変に新鮮に感じた。私自身は、親切というより、ややおせっかい、という感じがなきにしもあらずの性格でその癖はなかなか完全には抜けそうになかったが、同じ行動を昔ならいいこととして疑いもなくやったのに、夫にそう言われてからは、絶えず悪いことをしているの

ではないか、という恐れを抱きながら、やるようになった。しかし人間は一つの行動を自信を持ってやるのもいいけれど、いつも疑念を持ってするのも悪くない、と考えられたので、分裂したまま生来の癖も多少残して暮らしているのである。

つまり、人間は他人から、実に思いもかけぬ面を指摘され、そこで自分の姿を発見するのである。他人から発して長い深い付き合いをするようになる夫婦の場合は、もっと強く、自分の未知の部分を相手によって発見し、さらに成長か堕落か知らないが、能力や性格の変質までなされる場合がある。

これは大きな声では言えないことなのだが、私はもし自分が好きになって結婚した相手がスリだった場合、夫に指導されて、心を合わせていいスリになろうと努力するのではないかという気が、昔からしてならないのである。もちろん、夫をいさめて、スリから足を洗わせるという手はある。社会的には、その方が周囲に迷惑をかけることにならないし、いいに決まっているのだが、夫婦の完成という点でだったら、私は妻も夫と同じように、いいスリになるように心がける姿の方がずっと好きである。

人間の評価基準はじつにさまざま

　昔、やはり私の知人に、同じ商事会社で働いていた娘と青年がいた。二人はどちらも賢くセンスのいい若者たちで、娘は画がうまく、青年の方はかなり彼女にいかれているという感じだった。ところがこの娘には、時々ほんの僅かだが、親の経済的な力をひけらかすようなところがあった。盆暮になると、いかに家の中が贈りもので溢れるか、などということを匂わせるのである。

　やがて彼女は会社をやめることになったが、その時、彼女は彼に言った。

「私のお月給くらい、本当は貰わない方がいいのよ。私がお父さまの扶養家族になった方が、お父さまはずっと経済的にトクするの」

　その時、彼は、彼女と結婚する気を失った、と後になって私に言った。彼は大学の先生の息子で知的な家庭に育ったわけだが、それでも二十五を過ぎれば、自分の給料で生活の設計を考えて行かねばならない、と思い出していたところである。その時になって、ぴしゃりと、会社から受け取る月給は、貰わない方が得なくらいなものだ、などと言われると、彼の心の中に、相手の娘は、どこか自分とは違う世界に住んでいるのではないか、と思う冷え冷えとした気持が生じてしまったのだという。同じ科白《せりふ》を聞いて、ああ、あの娘の家は、父親にも経済力があり、彼女の働きなど、家の中で物の数にもいれられていないのだな。それはなかなかいいことではないか、と思う人もいたかもしれないことを思うと、改めて人間の評価の基準というのは、実にさまざまだと思うし、さまざまであることによって、この世は楽しくもなっており、救われてもいるのだと思う。

夫婦の間のすべてのことは、離婚するか、諦めるかするほかはない

忘れたらいけない、と思うことが、夫はいけない、と言うのである。忘れる時というのはそれなりの必然がどこかにあるから忘れるのだ、と言う。このことは私にとってはちょっとした恐怖の的であった。私の留守にかかって来る電話を夫

がとることはよくある。すると相手は「ご主人さま」が出てくださったのだから、間違いないと思って、こまごましたことづけをする。夫はそれをにこやかに「ハイハイ」と聞いてはいるが、それを私に伝えるということはほとんどしなかった。

「どうして伝えてくれなかったのよ」

と言うと、

「あ、忘れた」

と言うだけである。

彼の理屈によると、この世で、三カ月経っても憶えていなければならないようなことは、めったにない。だからたいていのことは忘れてかまわないのだ、というのである。私は初めは怒って喧嘩し、そのうちに諦めの心境に達した。夫婦の間のすべてのことは、離婚するか、諦めるかするほかはない。私は知る限りの人に「うちのお父さんは、忘れっぽいですから伝言は一切しないでください」と言いふらすことにした。

もっとも私はただ引いたのではなかった。三カ月経ったらいらなくなることは憶えていなくていいのだ、などというのは、一種の我儘《わがまま》である。会社勤めをしたら、そんな言い方をしていて、済むわけがない。私はそう言って相手を攻撃した。

すると夫は、

「だから、してないじゃないか」

とおかしそうに笑った。

夫が言うのは、何もかもむりすることはないということであった。小説の連載は、もちろん続けた方がいいが、続けられなくなったって雑誌がつぶれるわけではない。

努力を全くしないのではないが、義理などというものは時によりけりである。義理でやることは、自然さが欠けるから美しくないし、それは人生を切り売りすることである。それにそういう気持からしか付き合わない人たちというのは、人間を功利で考えているのだから、そういう人たちと仲よくなっても仕方がないのではないか、という論理である。

「僕は努力している人間ってのが好きじゃないんだから、しようがないじゃないか」

老年になったら、何ごとも、おもしろがればいい

老年になったら、何ごとも、おもしろがればいいのである。そのためには主体性を持たなければならない。女房が出掛けたので、飯を作らされる、というような受け身の姿勢ではダメだ。

よし、女房なんかいなくても、ハヤシライスを作って一人で食べよう。あんなもの、オレがやったら、出来合いのルーなんか使わずに元から作って、もっと個性的な、魂も蕩《とろ》けるような味を出してやる。女房なんか何十年も料理をしている癖に、野菜を煮て同じルーを入れるだけだから、十年一日のようにあの味だ。見ていろ、オレの方がずっと才能があるに決まっている。

そう思って作って見ても、失敗することもあるだろう。その時は女房に気取《けど》られないように、失敗作をゴミ箱にぶちこんで、「何食わぬ顔」をすればいい。そ

して密かに次回の作戦に取りかかる。

失敗しても、へたくそでも、何でもおもしろいという、すばらしい自由な時代に入ったのである。これこそが究極のしゃれた「大人気」だ。このたった一つの地点に到達できないと、いい老年になりそこなう。

「安心しない」毎日を過ごすのが、認知症を防ぐのに有効

今のところ、私の周囲を見回していて気づくのは、「安心しない」毎日を過ごすのが、一番認知症を防ぐのに有効そうに見える。誰もご飯を作ってくれない。誰も老後の経済を心配してくれない。誰も毎朝服を着換えさせてくれない。誰も病気の治療を考えてくれない、という状況が認知症を防ぎそうだ。

要するに生活をやめないことなのである。

日本には今、幸せな老人が多すぎる。何とか飢え死にはしない。行路病者《こうろびょうしゃ》などという言い方が昔はあったが、いわゆる行き倒れとして道端で死ぬこともない。

楽しく遊んでいても、もう年だからと言うので、誰も文句は言わない。

しかしそういう恵まれた年寄りの方がどうも認知症になる率が高い、と、私と気の合う仲間たちは密かに思っているのである。

上等な時間つぶし

私が海の傍の週末の家で、芝生を剝いで作った小さい畑に立ったのは、五十歳前後に視力を失った時である。私は読み書きができなくなっていたので、毎日することがなかった。それでも私は、畑仕事は自分と無縁だと思っていた。私は小学校六年生の時に小説家になりたいと思ってから、自分が他の職業に就くことを、政府の力か、日本のマスコミ界が自縄自縛と言いたい思想の弾圧を自ら作り出し、作家たちがその波をかぶって書けなくなる時以外、想像したことがなかったのである。

しかし眼が見えにくくなってからでも、私はまだ畑には興味がなかった。ペンより重いものを持つことはないでしょう、と言われる作家の仕事では、私はユダヤ教の勉強をしていたので、やむなく片手で重い参考資料をよく持ち上げていたから、けっこう腕力はあったが、それでも畑仕事に向いているとは思われなかった。

それなのに、眼がよくなって数年すると、私は畑の傍に立っていた。作品が書けなくてそうしたのではない。何となく自然に、そのような気分になっていたのである。

私はただ、土に種を蒔いてみようと思ったのである。「どうなるかおもしろい」という興味の持ち方はよく私の中に起きる子供じみた心の動きで、結果を予想できてもできなくても、失敗しても失敗しなくても、それなりに私は、上等な時間つぶしをしてよかったという実感を持った。

それに、都会の人は知らないと言うが、畝《うね》のどこの部分に種を蒔くかというような初歩的なことは、私の視力が弱っていた時代に、私を昔育ててくれた乳母さんだった老女がいっしょに暮らしてくれていたので、話に聞いたり、彼女の畑仕事の傍に漫然と立っていたりすることで、何となく作業の方法を知るようになっていた。彼女は農村の出だったので、「畑を作る前には、石灰を撒くんだよ」というようなことを私に言うのを、私はいい加減に聞き流しているつもりだったが、やはりどこかでちゃんと頭に残してはいたのである。つまり日本の土壌は、基本的には酸性の土が多くて、だからどこにでもツツジは簡単に根づくのだが、蔬菜《そさい》はそれでは育たない、という基本を、彼女がその一言で教えてくれたのである。

植物は人の生き方にヒントをくれる

植物にはおもしろい性質がある。よく、いい花を咲かせるのには、毎日のように見回り、人によっては、声を掛けてやれば生育が違う、という人さえいる。そうかもしれないが、必ずしもそういう植物ばかりではない。

私はおろかなアマチュアがよくやるように植物にも、毎日眼をかけ、時には話しかけるほどにするとよく育ち、いい花を咲かせるという「まごころ」を、初めの頃は半ば本気で信じていた。しかし次第に私の体験では、必ずしもそうではない、という現実もわかるようになった。

毎日水を欲しがるシクラメンの特徴は、植物の中でも数少ないもののような気がする。植物は、十分に乾いた時に、たっぷり水を与えるのが原則だ。欲しがらないうちにおもちゃを買ってやるバカ親と同じで、水を与えすぎると、植物は根腐れをする。つまり下痢である。ポトスのような一種の蔦は干せ枯れて、ぐったりしてから水を与えても立派に回復する。飽食の方が飢えに近い状態で生きるより危険だということに似ている。

人間はよく一夜の情に負けて思いがけないことをする

子供の時から私は、何度も犬を飼うことを許してもらった。私は両親が三十代半ば近くに生まれた子だというが、それでも親たちは、飼い犬や猫を充分に見送れる年齢だった。

ペットを飼う場合に当然持たねばならない最低の責任とはそういうものだ。年を取ると共に、私はペットをかわいがるという気分より、その生涯の責任を誰が見てやれるか、ということばかり考えるようになった。これもよくない。

人間はよく、一夜の情に負けて、思いがけないことをする。その愚かさによって、又、考えてもみなかった複雑な人生を味わうことになる。これは神のさしがねか、悪魔の計らいか、いずれにせよ、人間の予測不能なドラマが用意されていることが多い。

文明の手が及ばない場所での前進

サハラは決して前人未到の土地ではなく、南北行に限ってではあるが、地中海からアフリカ中部以南の土地へ抜ける車のルートが、痕跡のように残っているし、十キロ毎に巨大なメトロノームのような指標も設置されている。しかし同向はもちろん対向車の砂煙であっても、見るのは二十四時間に一台くらいなものだ。私たちは六人のグループだったが、遠くにこちらに向かってやって来る車の砂埃を見ると、必ず緊張し、休息中なら他の人たちよりわざと十メートル近く離れるようにして立つことにしていた。

全く無駄な配慮なのだが、少なくとも私は、近づいてくる車を用心していたのである。もしかすると銃を持った強盗かもしれない。それなのに、私たちは何一つ武器を持っていない。だから応戦しようがないのだが、離れて立ったのは一挙に殺されるのを防ぐためであった。車間距離ならぬ、人間距離が離れていれば、一秒では全員を殺せない。だからと言って次の瞬間にどういう対抗の手段があるわけでもないのだが……。（中略）

もちろん向こうからやって来る車の人たちは、私たち「人間」を見ると笑顔を見せ、多くの場合車を止めて、二言、三言喋っていく。私たちもお茶を沸かしていれば「一杯いかがですか?」と言い、ついでに、彼らが来た道（ということは私たちの行く道だが）の状況を尋ねる。人間の過去とか未来が、ここで単純に明らかに交錯する。こんな光景もめったに見ることはできないから、私は感動したのである。

サハラでは、大きく分けて東西南北、どちらの方向に行くしか決められない。文明の手が及んだ地点まで来て初めて人間は、東西南北ではない、東北東へ行くなどという細かい決定をする。それから後で細かい舵取りをする。もう少し南寄りに、とか、北へ寄りすぎている、とか感じる。その時、初めて人間は人間になる。東西南北の段階では、人間はまだ獣である。

第2章

ささやかな幸せを重ねる

時間が早く経つと感じるのは幸福な証拠

十月近くなると、誰かが時々、「え？　もう十月？　早いわねえ。一年はあっという間だわ」と言う。四十代にもなると、誕生日を祝ってもらって嬉しいなどという気分にならない人もいる。

しかし私はよく思うのだ。もし時間が早く経たないという感じになる時があるとしたら、それは多分不幸な時なのだ、と。

私は怪我と眼の手術以外、重病で入院したことがまだないのだが、集中治療室のあの非人間的な空間から生還した人の意見を聞くと、あそこでは一秒一秒が意識されるのだという。テレビもない。雑誌も読めない。花もない。空もない。窓から見える景色もない。

動くものはすばらしい。それは生きているから、とその人は感じたそうだ。風にそよぐ木々の梢。通りを行く人。塀の上を歩く猫。ゆっくりと動く日差しの傾き。すべてのものは不動とは反対の自然な変化を示してくれる、と言う。

私は飛行機の中で、その日に限って時間が長く感じられ時計を何度も見たことがある。もう大分経ったろうと思うのに、さっき時計を見た時からたった五分しか経っていない。こんな調子であと六時間、どう耐えたらいいだろう、と感じたら絶望的になった。よほど体調が悪かったのだろう。それ以来、時間が早く経つと感じるのは幸福な証拠、と思うようになった。

どれだけこの世で「会ったか」に生涯の豊かさが計られる

その人の生涯が豊かであったかどうかは、その人が、どれだけこの世で「会ったか」によって計られるように私は感じている。人間にだけではない。自然や、できごとや、或るいはもっと抽象的な魂や精神や思想にふれることだと私は思うのである。

何も見ず、誰にも会わず、何事にも魂をゆさぶられることがなかったら、その人は、人間として生きなかったことになる。この場合、「会う」ということは、単に顔を見合わせて喋る程度のことではない。心を開いて精神をぶつけ合うことである。それができない暮しなんて、動物だと私は思うことがある。

長い人生だが、格言通りに生きたという記憶は多くない

最近私は、歩くのが下手になっているので、数日前も庭で転んで、左側の頭を芝生に軽く打ちつけた。私は楽観的な性格も持ち合わせているので、これで、切れかかった脳味噌の神経も繋がったのではないか、と希望的観測を抱きながら、しばらくそのままの姿勢で芝生の上に寝て空を見ていた。幸いなことに、このぶざまな姿勢を誰も見ている人はなかった。

しかしふと気がつくと、私は小さな春菊の畑の縁に倒れていたのであった。地面に近い位置から、春菊の畑を見たのは初めてであった。視線の位置で、春菊畑が森に見えないでもないのがおもしろかった。

擦《す》りむいた膝と肩の痛みを抑えるために、私はわざと倒れたまま（芝生に寝転がったまま）、時間稼ぎをしていたのだが、こういうおもしろい姿勢では、他に自分にできることがあるような気がした。つまり寝たまま、春菊の収穫をすることを思いついたのである。

どっちみち、体の痛いのを少しやり過ごしてから起き上がるつもりだったし、青空を眺めて寝ているのは悪くない。

改めて家庭菜園の収穫をしようと思えば、台所からザルを持って出直してこなければならない。どうせなら倒れたまま、春菊を摘もうと考えると、思いのほかうまくいった。脊柱管狭窄症《せきちゅうかんきょうさくしょう》で痛む背中を「農作業」のために曲げる必要もないし、何より安全である。密植している部分か、徒長《とちょう》している株を抜けば、自然に手早く間引きができる。台所からザルを持って出直してこようとすれば、また飛び石のところで転倒する危険がでる。

夕食は私一人だった。とすると、お浸しでも胡麻和えでも、この程度しかいらないだろう、という春菊の量の推定はすぐできる。

私は空を見ながら春菊を摘み、その束を手に握って書斎に戻って来ると、秘書に愚痴を言った。

「昨日の晩にせっかく洗ったばかりの髪を、転んで泥だらけにしたわ。でもついでに春菊を摘んでこられた」

「それがほんとうに『転んでもタダでは起きない』ということですね」

長い人生だが、格言通りに生きたという記憶は多くない。

「急いてはことをし損じる」は時々有効に使った。同じような意味らしいが、「急がば回れ」には必ずしも従わなかった。あわくって直接的に急いだ方が、急場を脱出できる、と思ったことの方が多い。

人生は予測もできないし、やり直すこともできないのだけれど、何歳になっても一瞬一瞬が勝負という面があるのは、楽しい。

私の幸せは、自分が自分らしく必要にして充分なだけ持っていること

よく世の中には、夫の地位が上がったり、会社が思わぬ発展を遂げたりすると、急に自分の生活レベルを上げる人がいる。それが決して仮の状態だとは思わず、生まれてからその時まで自分がどういう暮らしをして来たかも忘れて、すぐぜいたくな環境に自分を馴らしてしまうのである。

しかし本当に人間に必要なものは、そもそも最初から決まっているらしい。どんな大食いで食道楽でも無限に食べられるわけではない。二本の足は一度に一足の靴しかはけない。

私は俗物根性で、今迄世界の王宮、宮殿などという所に行くと、すぐ皇帝や王の個人的な生活を覗きたがった。儀式としての政治を行う場や公的な政務室と言われる場所は別として、その人が個人となった時、本を読んだり、手紙を書いたり、詩を作ったりするのは、どういう部屋なのだろう、といつも興味があったの

である。

その結果わかったのは、皇帝や王がプライベートな時間を過ごすのは、いつも小さな部屋だということであった。望めば大広間の王座に机を据えてもらうことのできる人たちである。しかし皇帝や王といえども、そういうことは望まないのであった。

公的な空間というものは、どれもむしろ残酷で非人間的な場所であった。それは「その人がその人になることを許さない場所」「肩書なしの個人に戻ることを考えていない空間」であった。王の椅子、いわゆる王座というものは、原則としてその前に立つだけで、そこに腰かけないものだ、という。疲れたらお座りなさい、というのが、椅子の機能である。しかし皇帝や王には、椅子は権威の象徴になるだけで、決して疲れを癒してくれるものとはなり得ないのであった。

私の幸せは、私が望めば、自分が自分らしく、必要にして充分なだけ持っていれば、それで誰からも非難されないことであった。身分や立場を考えて、大きな椅子に座らなければならない、ということもなく、お金がないために椅子がなくて地べたに座っていなければならない、ということもなかった。椅子は、自分の目的、身丈、好みの重さ軽さなどに只合っているだけでよかったのだ。

「まあまあ」というランクづけはかなりの褒め言葉

友人のご主人が生きておられるうちに私はお会いしたことがなかった。技術畑から建設会社の社長さんになられた方だという。

その友達の家に集まると、お仏壇の戸が開いていることが多い。私の勝手な想像だが、どうも私たち「やかましいおばさん」たちが集まってしゃべるのがよく聞こえるように、という奥さんの配慮のような気がしなくもない。

亡きご主人は、何か意見を聞かれると「まあまあですな」と答えられるのが口癖だった、と友人たちは言う。そしておしゃべりの間に「お宅のご主人だったら、『まあまあですな』だわよ」と誰かが口真似して笑う。亡き人は今でも妻の友人たちのいささか慎みのない会話をにこにこしながら楽しんで聞いているような感じになる。

私はこの頃、この「まあまあですな」という言葉はなかなか意味深い表現だと思うようになった。

もちろん単に、答えを曖昧にする場合に使われることもあるであろう。しかし世の中には、すばらしくうまくいったことも、取り返しがつかないほどひどい失敗だったということも、普通にはめったにないのである。静かに観察すれば、うまくいった場合にもいささかの不手際は残っており、失敗した場合でも、必ずその方がよかったという面はあるのだ。

この頃、そこの家の息子さんは、お母さんに「どう、おいしい?」と料理の味を聞かれると「まあまあだね」と答えるようになったと言って、友人は笑っていた。しかしこれも、私に言わせるといい言葉である。

もし息子が、「すごくおいしいよ」と言えば、ほんのわずかだが、むしろ水臭いものを感じる。どんなお料理だって、これが最高ということは、ほんとうはあり得ないのだ。だから「まあまあ」というランクづけはかなりの褒め言葉だと言ってもいい。

料理だけでなく、これで最高と思ったら進歩が失われる。反対に「これはひどい失策だ」などとけなされれば、かなりの心の傷を負って元気を失ってしまうだろう。

「まあまあ」は本質的に優しい言葉だ。労りも励ましもある。妻や母たちは、もう少し具体的で変化に富んだ印象を聞きたがることが多いが……家族の心理に錨をつけなければならない立場のお父さんとしては、「まあまあ」という、字面まで錨につけられた鎖に似た返事を選ぶのである。

ちょっと後ろめたい思いで生きるのが好き

私の目的のほとんどは実に小さいんです。今日こそ、観葉植物の葉っぱをふいてきれいにしよう、冷蔵庫の中の人参や大根の切れっ端をスープにして食べ切ろう、引き出しをひとつ整理しよう……その程度のもの。

それでも、その目的を果たすと、我ながらかわいいことに、ささやかな幸福感に満たされます。

人生が虚しいと感じるのは、何をしたらいいのか、わからないから。目的がないからじゃないですか。つまらないと不平をこぼす前に、小さな目的をつくり、自分で行動してみることです。

私は完璧主義者ではないので、絶えず、仕事はやり残して、しまったなぁ、あそこやり残したなぁという思いをもっています。

だいたい完璧にやり切るなんて、人にできるものでしょうか。いつだって不完全で当たり前ではないですか。自分で完璧にできたと思うこと自体が、気味が悪い。人間という存在そのものが不完全なんですから。

それがわかっているから、怠け者でも多少は緊張しながら、仕事も雑事も自分でやる。人に頼らず、何とか少しでもやろうとする。

きっと倒れるまで、こうして生きるんだろうと思います。

年齢を重ねたせいか、だんだんいろんなことがしんどくなってきました。

もともと怠け者ですし、勤勉ではないんですね。自然発生的に生きていればいいだろうと思ってきましたし、やるべきことをやってないのも平気なんです。

ちょっと後ろめたい思いで生きるのが好きなんです。自分が正しいと胸を張っている人より、何となく後ろめたいと思っている人のほうがいい。物知りより物知らずのほうがいいとも思います。後ろめたいがゆえに、物を知らないがゆえに、謙虚になれますから。

私は時々、朱門の一生を考えるようになった

朱門の葬式、その他で疲れているでしょう、と人に言われるが、自覚的に動けないことはない。それどころか「自転車操業」と言われそうだが、普段と同じことをしているのが私には楽なのだ。

それに少し最近目立つようになった整理癖が昂《こう》じる日がある。この家具もいら

ない、この服も捨てる、この古いタオルは汚い、と捨てる口実には困らない。

私としては、決して嫌な仕事をしているわけではないが、精神科の医師が見たら、私のやっていることはおかしい、と言われそうな気がすることもある。

しかしまあ、家の中は思いのほか早く片づき、私がそのことに触れると、お義理で「いいわねえ。うちはそんなに片づいていない」と言ってくれる人もいるようになった。

ただ外へは出たくない。疲れてもいるのだが、外にはどんな魅力的な世界が広がっているのか意味がよくわからない。

私は時々、朱門の一生を考えるようになった。

人は笑うだろうと思うけれど、——彼も私も人生の望みが高くなかったから——何という穏やかな一生だったのか、と思う。

まず平凡なことから言うと、朱門も戦争中は別として戦後は、食べることにも住むことにもあまり大きな苦労をしなくて済んだ。家族の健康にも大きな心配はいらなかったし、身内が刑務所に入ることも、自動車事故に遇うこともなかった。

他人の誰からも見捨てられず、いつも友達でいてくれた。

最後の肺炎は少し苦しかったかもしれないが、ほとんど静かに眠っていて、苦しそうな気配はなかった。少なくとも私は、彼の母にもし来世のような場所で会うことがあったら、「朱門が苦しまなくて済むようにしてくれて、ありがとう」と言ってもらえそうな気はしている。

自分だけのトイレを持ってそこに「表札」を掛けたい

朱門は実は、自分だけのトイレを持つことが、最高に贅沢だ、と笑っていた。できれば、そこに三浦朱門という「表札」を掛けたいというのである。中に書棚を作ろうとは言わなかったが、多分読書三昧を許される場所と考えていたのだろう。だからトイレの中は、ほかの所よりさらに清潔であることが、彼の一つの幸福の形であった。

志の低い生き方の大きな幸福

私と夫は、偶然だが一つだけよく似たところがある。それは一種の社交嫌いなのである。もちろん親しい友人はたくさんいるし、そうした人々とはあきれるほど本当のことが言える。しかし昼も夜も、下心ある人と付き合って暮らすことが好きとはとうてい思えない。夫は先日も千五百円で新しいパジャマを買い、ハゲチョロよれよれになった古いパジャマを惜しそうに捨てながら、
「ああ、やっぱり、風呂に入って清潔なパジャマを着て、自分の気に入った硬さのベッドに寝っころがって、本を読んだりアホなテレビを見るのが一番休まるなあ」

と当たり前過ぎることを言う。こういう志の低い生き方を人生で大きな幸福と思い、女房もまたそれに同調するようでは、とても勢力を拡張し続けたい政治家の心などわかるわけはないのである。

閑人として生きれば心に余裕が生まれる

私たち夫婦はよく自分の失敗を語った。それでよく笑った。自分の失敗はつまり「人」の失敗でもあるわけだから、普遍的な出来事としてよく笑えるのである。そんな心理的な余裕などあるはずがない、という人のために、少し解説を加えれば、私たち夫婦は共にカトリックであった。人生は「仮の旅路」で間もなく終わる。位人臣《くらいじんしん》を極めても、生涯はぐれもので終わっても、神の眼から見てその生き方に必然さえあれば、それはそれなりに完結した人生であった。よい人にもどこかにおかしなところがあり、悪い人にもどこかにいい香りのする点があるであろう。そういう思いがどこかにあるから、何でも笑えるところがあった。この一瞬が大事なのである。（中略）

どんなに片寄っていようと、幸いなことに基本のところで私たち夫婦は人生の生き方に対する好みが一致していたのだ。その一つは権力にすり寄るということをしないことだった。権力者とは、私たちはいつも距離をおくことにしていた。何しろ先方は実業に忙しい方たちだが、私たちは文学などという虚業に生きている閑人《かんじん》だったのである。たとえどんなに書かねばならない原稿が多くても、私たちは閑人として生きていると感じていた。

寛大さは期待しないことと関係がある

私は実は寛大ということを、かなりいい年になるまで（ということは三十代の初めまで）その人の道徳性、宗教観などと関係あるものだと思っていた。つまり、人間に温かい心と冷たい心があるとすると、寛大さは、人間の心としては優位にある温かい心から出るものと、信じていたのである。

ところが、それは違う、と言ったのは夫の三浦朱門であった。

「僕は寛大さというのは、多くを期待しないことから来ると思うね。だから本質的には冷たいんだよ。女房に寛大なのは、女房を当てにしてないからさ」

私は即座に、当てにされないのは願ってもないことで、それより厳しく言われる方が困る、と答えた。

　夫に言わせると、夫婦ばかりでなく、一般に他人に対して厳しい人というのは、他人が自分と同じようにすることを期待しているからだという。ところが夫はしょっていて、自分と同じようにできる人間などいるわけがないから、他人が自分の望むようにしてくれるわけがない、それなら最初から、あらゆることを自分一人でしようと思うことにしたのだという。他人（女房も含む）に頼むことは頼んでみるが、やってくれなくても、もともと当てにしていなかったのだから怒る気にもならない。

　こういう場合、夫に期待されないことを、私のように「ああ気楽でいいなあ」と思う女房と、「私はそんなにダメな女ですか」と眼を吊り上げて怒る妻と、二種類あるのではないかと思う。

危機感をはらみながら安定している夫婦の知恵

日本人は西洋人と違って、夫婦の愛情の表現が多少違うから、「お前はいつ見ても美しい」など言わないからと言って、愛していないことにはならない。「うちのおばさん」と三浦は私のことを言うが、こういう言い方は妙に安定している。それで私も「うちのおじさん」と呼ぶことにしている。

しかし、けなしながらほめることだ。子供でも女房でも夫でも、必ずほめた方が、第一自分が楽しい。

「あなたのステテコ姿って、わりといいわよ。いかにも日本人的で。なんだか出世しそうな後姿だわよう」

と女房に言われれば、少し大人げのある夫なら、よく考えてみるとブジョク的な要素も多々あれどなんとなく、自分こそ大和男子の代表のような気持ちになれないこともなくて、「ばか言え」などと言いながら、決して怒ってはいない。

「お前くらいどっしり太ると、安定がよくていい。おい太郎、嵐の日に出歩くときは、母さんの後を歩きなさい」

デブだということは悲しいが、しかしそれが実用的であれば、女は満足してしまう。

こういう言い方のできる夫婦は、まず家庭が明るい。私のみるところでは、素敵な夫婦はどこか危機感をはらんでいる。滑稽な夫婦は安定がいい。

過剰より少し不足のほうがいい

人がどのように生きようが、考えようが、子供でも病人でもない場合は口をさしはさむべきではない。困ってもほっておけ。助けを求められたら、初めて手を出せ。訊かれない意見を言うな。自分の守備範囲以上の仕事に口も手も出すな、と私は結婚以来言われ続けて来たのである。

それはこういうことであろう。本来、人間はすべて適当がいい。親切の場合は、適当な親切がいい。しかし私がそう思っても、相手にとっては過剰になるか、もう少し親切にしてくれたらいいと思うか、どちらかである。全くちょうどいい状況というのは、論理としてはあるが……実際にはないと思った方がいい。

とすると、その場合どちらがましか。親切ばかりでない。すべてのものについて、少々の過剰と少々の不足とどちらがいいか、ということになると、ものなら少々の過剰は捨てられるが、心理的なものは少なめがいい。時間があり余ること、愛情のかけすぎ、すべてよい結果を与えない。少々足りない時には、人間は「ああ、もう少し◯◯があったらなあ」と考える。しかしこの程度の不足を歎くことは、人生でまことに健全なことなのである。不足は人間に生きる意欲を与える。

平凡という状態は「偉大な安定」

死について、人は独自の性癖を持つようである。言い換えれば、死のことなど考えるのも不吉だとする人と、自然にしばしば死のことを考える人とがいるということだ。

私は子供の時から、始終死のことを考えて生きるたちだった。私は世間的に見れば、一応お金にも困らない東京の小市民の典型のような家に生まれた。父と母も外見上は常識的な人々だった。もっとも内情は仲が悪くて惨憺たるものだったが、外目にはそんなふうには見えなかった。父は東京の私立大学を出て、一見気さくな人柄に見えたからである。しかし父は時々暴力をふるうのが、私はいやでたまらなかった。言葉で言ってわからない家族ではなかったからである。父が暴力をふるうと、私は震えて凍りつくようになった。こんな陰の暮らしもあって、私は子供の時から常に世間の裏側を見て育って来たような気がしていた。

だから私にとって死は、長い何十年の年月の後にやって来るものではなく、いつ私という子供を道連れに自殺をするかわからない母の運命の一部として考えてきたのである。

後年、私は自分の中に、人間の心理の一つの型として、「死愛好型」とでも言うべきものがあり、私は多分、先天的にそちらに属することを強いられていたような気がした。しかし現実には、私はしばしば自殺を口にする母に、いつも抵抗していた。

そこから私のすべての性癖は始まっているかもしれない。もう残りの人生も終わりに近いが、私は日常生活で、あまり破壊的なことを言わないことにしていた。たとえ自殺をしたくなっても、多分実行には移さない。それほど「平凡な人間のしないことをしてはならない」と思っているのだ。私は凡庸な生活を心底愛している。それがせめてもの謙虚さ、というものなのだ。

その上人間は、一つ屋根の下で暮らす限り、お互いに清潔で、心身共に飢えていない穏やかな生活を続ける義務も権利もあると思っているのだ。

人並みという言葉はあいまいなものだが、本当は人は右顧左眄《うこさべん》して生きている面がある。人生の評価には絶対というものがあまりないから、人並みという目印は、標準値を示すものとして便利なのである。

家庭が奇形だったから、私は平凡な家を愛するようになった。見栄でそうなったのでもない。私は非常識な生き方をしている割には、平凡という状態は「偉大な安定だ」と心底感じていたからである。

高齢になるということは、途方もない解放を与える

配偶者を失って独り身になった高齢者が、ほどほどの暮らしをしていると、周囲は「まあ、あの人も、一応生活も安定してよかったねえ」などと言う。しかし当人にしてみれば、安泰に生きていられれば幸福か、という疑問もあるだろう。

男性なら、退職までの職場で、もう少しおもしろいこと、組織の中で腕前を見せられる場面があってもよかった、と悔やんでいるかもしれないし、女性なら長い平凡な結婚生活で、少しも胸ときめくこともなかったということに、悔悟《かいご》の思いを抱いている人はかなりいるだろう。

もしその人の生活が「食うや食わず」だったら、食うということが、冒険と成功の達成目標であったはずだ。しかし社会が整えられ、誰もが一応食うことができるようになると、人々はそれだけでは満足しなくなる。

私もその一人だが、配偶者を見送った後、深い疲労であまり健康とはいえない。シリアなどのニュースを見るにつけても、私は疲れたと言っている自分を、怠け者、贅沢と感じ、もし周囲が戦乱・動乱の巷《ちまた》と化していたら、私は洗濯だらいに鍋や当座の衣服をいれて頭に載せ、孫たちの手を引き、何十キロでも裸足で逃げているだろうと思う。これが典型的な難民の姿だ。それなのに、私たちの暮らしは実に恵まれている。

先日も、老後の暮らしについて話が出た。一人の高齢者は、若い時から自分の自由になるお金を好きな贅沢に使ってきた。社交ダンスだったか日本舞踊だったか、とにかく自分も出演できる場に派手にお金を使った。そして老後の今、生活保護に頼っている。身内や周囲の友人に、小遣いをたかるのも非難の的だ。

しかし毎日、自分の居間のソファに座り、何の変化もなく暮らしていることが安泰な老後といえるかどうか、ということになると、同年配の高齢者の見方はさまざまに分かれたのである。

私はどちらかというと、月日は巻き戻せない。だから時々、濃密な生き方をした方が勝ちだ、という無頼派に近い考え方をしている、という自分に気がついた。つまり一生の最後近くになって考えてみると、「ゴメンナサイ」と言って、自分の好きなことをして逃げてしまう方が得をしたように思えるのである。

そういう好みと明らかに対立しているのだが、最近になると、人生でもし二つの選択肢に立つ人間になったら、深く傷つく立場を選べる人間になりたくもある。いずれにせよ、高齢になるということは、途方もない解放を与えるものなのだ。よくも悪くも先が長くない。よいことにもさして執着せず、悪いことにも深く傷つかない。こういう幸運な高齢世代が日本には実に多くいる、ということだ。

料理はその人の歴史でもあり、生き方そのもの

家では私の母が北陸の田舎育ちで、魚を骨までしゃぶりつくすような料理の方法を教えてくれた。魚は煮ると必ずその煮汁でおからを作る。東南アジアでは小魚を揚げて食べるので、私が最近足を折ったお見舞いにいただいた小さなカタク

チイワシの干したものも、さっと揚げておいて、お味噌汁にもスープにもサラダにも入れるようになった。これはクルトンのようなおいしさを添えてくれて、両足を折った私のおそまつな骨にも役立つはずだ。

料理はその人の歴史でもあり、生き方そのものであるような気がしてならない。私は夫の健康のために無理して料理した覚えなど全くないのである。私は自分がおもしろいから料理をしている。作るから、食べたいという人には食べさせる。

人間の質の違いは、よくできた料理の味のように優劣をつけられない

世間が利口者ばかりになったらそれは深刻な事態だ。軽度の「バカ」は、世の中の気づまりを救う偉大な存在である。学生時代、どこからみても秀才だった同級生が、何十年か経ってみると意外に早々と精神に水気がなくなり出世もしていないのは、この「バカ度」が足りなかったからなのだが、本物のバカはその点に気づいていない。

バカの特徴は、自分の「バカ度」の指数に気づいていないことなのだから、どうにもならない。持っている「バカ度」は大切にして、それを武器に生きて行こうと注意すれば、それは有効な戦力なのに、そういう生き方は思いつかず、偏差値だの東大入学だのを目標にしているから、丸っきり戦えない。

或いはバカという言葉を聞くだけで怒り出す人もいる。「人を侮辱しているからいけない」だの、その言葉は、「差別に当たるから人道的でない」だのと言う。人間は平等も好きなのだが、差もつけたいのだ。道徳的言葉や観念を現代の人は愛するのだが、実はこの手の思想を実現するのは、ほとんど不可能なほどむずかしいことである。

学校は「通知表」だの、スポーツの記録だの、株価だので、人間共が、あらゆる比較をしているのは、すべて人間社会が平等ではないことの証だ。さらにその上「差」の程度を示す基準までけっこう好きなのである。

ただそのような安易な差を超えて、生きている人間は誰もおもしろくて大切だ。その違いを見極めることが教養なのだが、それは本来は単純な技で、高い学歴もすさまじい修行も必要ではない。ただ人間をおもしろがる気持ちさえあればいいのだ、と私は思っている。

そして辿りついた人間の質の違いは、よくできた料理の味のように千差万別で、優劣をつけられるものではない。

幸いにも、私は一生をかけてその差の違いを楽しむささやかな技術を身につけた。この技は、場所も取らず、他人もあまり傷つけず、金銭も要らず、必ずしも時間がかかるというものでもなかった。私はいい趣味をみつけたのだ。

夜一つの屋根の下で生きる命は動物も虫もすべて運命共同体

その上たまたま、私の家にはイウカさんというブラジル生まれの日系女性が長年一緒に暮らしてくれていた。イウカさんはもう七十は超えているらしいが、健康で明るい性格だった。ブラジル育ちと言うが日本語も立派で、決して単語に外国語を混ぜたりはしなかったし、かつお節のお出汁《だし》の取り方も完璧だった。

イウカさんにはたった一人妹さんがいた。私は将来イウカさんが、私の死後に私の家から離れた時、妹さんがいるから淋しくなくて安心だと思っていた。姉妹というものは、ケンカくらいする時もあるだろうが、やはり心底気楽で楽しいものなのだと思っていたのだ。その妹さんが、或る日曜日、一緒に外出の約束をしていて、訪ねてみると亡くなっていた。

余計なお世話だが、私はこの事実に少しうちのめされた。年齢から考えても当然私が先に死んで、その時にこの家は解体する。その時にこそイウカさんの楽しい老後が始まらなければならない。そうなった場合、この妹さんの存在が大切になるだろう。などと勝手に小説家的憶測をしていたのだ。

人間の運命は本当に予想がつかない。しかし日本人の九十九パーセントまではともかくどこかの屋根の下で濡れないで暮らしているのだ。その夜を一つ屋根の下で過ごした人は皆家族だ。犬も猫も、山羊も羊も、もしかするとノミもシラミも家族だ。なぜならばその夜一つの屋根の下で生きる命はすべて運命共同体なのだから。

猫の一日の終わりの挨拶

どちらかと言うと、私はペットに溺れる人にはなりたくない、と思っていたのだ。

昔、女流文学者会という集まりがかなり活動的だった時代、私はまだかけ出しの作家だったが、女流作家の中でも指導的な立場におられる「大先輩」が動議されたものだ。

「ねえ、女が集まると、すぐこの話になる、という話題があるのよ。それだけは、ここではやめることにしない？」という一言だった。

すぐ出る話題の代表三つは「病気、孫、ペット」だったような気がする。誰もが表現する立場だから、孫の話は喋りたければ、めいめいが書けばいいのである。病気の話も創作には最も適したテーマだ。名作が生まれる可能性さえある。

気楽なのはペットの話だ。愚かしくみえる点が悪気がなくていい。そして作家はどれだけ愚かしくあってもいい職業なのだ。しかしどうあろうと、ペットはペットなのだ。人間と違って相談もできなければ、哲学的な会話が成り立つわけでもない。それくらいなら、バカな男に惚れて、どうしても別れられない話を書いた方がましだろう。

私の家の家族の一員になった猫の雪ちゃんは、まず人間の識別が正確だった。とにかく私にとりついている。夜は私の寝室のドアの外で「番猫のように」貼りついて寝ている。

そのうちに、寝入りばなに仰向きに寝ている私の頰の傍に上がって来るようになった。まるで一日の終わりの挨拶をしに来るような律儀さである。それがあくまで私に義理の上での挨拶と思えるのは、ほんの数秒、私の頰に自分の顔をすりつけると「さあ、これで挨拶は済んだ」という感じで、さっさとベッドから床に下りてしまうことである。

その点が私には今もって謎だった。私は寝る前に必ず猫に頰ずりをするようにしつけた覚えはなかった。むしろ寝室に猫を入れることさえ、心理的にはいささかの抵抗があったくらいだ。

亡夫と仔猫の透明な絆

直助がイウカさんや私の胸で「おっぱいもみもみ」をしていた頃、私の唯一の感傷的な希望は、直助にもう一度でいいから、お母さんのおっぱいを飲ませてやりたい、ということだった。この話をすると「それができたら、お母さん猫は喜んだでしょうにね」と言った友達がいたが、私は「お母さん猫」の心情など考えたこともなかった。

私は「仔猫」の淋しさしか理解しない性格だった。直助をもう一度だけ、お母さんの胸に返してやりたい。一度だけでいいから。イウカさんや私の肌の温かさは、母猫の体温とは、どこか違うだろうから。

しかし直助は、もっとけなげに運命を受け止めた。彼は家中を探索し、やがてやって来た夏の頃には、家中で一番過ごしやすい涼しい寝場所を見つけていた。

それは本物の大理石をごく薄く切って貼ってある出窓の上で、そこにいれば気温が確実に数度は低く感じられるだろう、と思われる場所だった。眠る前は相変わらずイウカさんの胸で寝ることも多かったが、そこにはもう感傷的なものはなかった。

私は人に聞かれる度に、直助を買ったのは、死んだ夫の「へそくり」を見つけたからだという話をして楽しんでいた。既に亡夫とこの仔猫は、そういう形で現世で現実的に結ばれていた。

猫社会のルールに猫は迷いを持たない

私は雪を連れて来て、数日目の或る朝のことが忘れられない。私は早起きだから、猫たちより先に階下に下りてコーヒーを飲んでいた。すると、直助と雪が一足遅れてやって来るのが見えた。直助が先で、一メートルほど後に雪が従っている。二匹は並んで歩くことをしない。直助が先に立って縦列行進している。それは大きな発見だった。

人間は同僚という立場でも、どちらの年収が多いとか、住んでいるところがマンションか戸建てか、というようなことはあまり問題にしない。戸建てにしたばかりに、気軽に家族で外泊できないという不便だってあるから、人間社会の評価は絶対ではないのである。

人間の世界における優劣の判断はもっと複雑だ。もちろん「あいつは俺より一足早く課長になったよ」という言葉があり、その単純な事実にショックを受ける人もいるのだろうが、一生を通しての幸不幸の判断は、もう少し複雑だと、誰もが知っている。人生というものは、終わりまで生きてみなければわからない、と誰もが「深慮」できる能力がある。

しかし猫の社会、殊に我が家にほとんど一日でできた彼らの社会は、単純なものだった。偉いのは、先住で牡の直助である。迷うことはない。しかもありがたいことに直助は少し性格がルーズであった。「目下」の雪が無礼を働いても、あまり怒らない、と私はその時は感じていた。

もっともその理由は、直助が餌に困っていないからだろう。イウカさんや私というスポンサーがいて、餌のお皿が空になれば、いくらでも入れてくれる、と知っているからだ。動物行動の原理を見ようとしたら、こういう豊かさの中においてはいけない。

二階から、縦列を作って下りて来る二匹の猫を見た時、私はこの光景は何かに似ている、と感じた。

そうだ。船団を組んだ潜水艦の艦隊が出港する時の光景だ。艦隊が移動する順序は、きっちりと決まっている。戦闘状態になれば、横一列という光景もあり得るのだろうが、平時の移動は必ず縦一列である。

私がもう少し喉自慢で、常日頃歌う習慣があれば、私は、そこで軍艦行進曲でも口ずさんだところだと思うが、それほど二匹の猫は威厳を持って縦並びだった。

直助に従った雪は、いつどこでこうした団体行動、上下関係の原則を習ったのだろうか。そしておだやかな顔つきの直助が、どうしてこの力関係を我がままな雪に納得させられたのだろう。

我が家の猫社会の平和が保たれたのは、決して直助の性格の寛大さの結果ではないことは、まもなく私にもわかった。猫社会では、上下関係にも、規制のルールにも、迷いや例外は一切なかった。

この芽が巨木になるまで生きていないのに

今朝、感動的なことがあった。約一週間前に鉢に埋めたバオバブの種が発芽したのだ。鉢を日溜まりにおいて、昼間鉢温を三十度以上に保てば、約一週間で発芽する、と言われていた通りの結果。

朝七時頃、鉢土の中央部が少し盛り上がっているのが見えた。一時間後には黄色がかった緑の肉厚な葉が出た。秘書が十時に出勤してきた時までに八鉢中三鉢が発芽。

バオバブはアフリカなどに多いキワタ科の植物で、幹の洞が人の住処になるほどの巨木。一本一本が、表情豊かで老人の風格を持つ。

サン＝テグジュペリの『星の王子さま』の住む星が、たった三本のバオバブで粉々に砕けそうになるほどだと、描かれている植物だ。芽は夕方までに三センチ伸びて肉厚の双葉が開いた。これを地面に植えて、幹の直径が三メートルとか五メートルの木になるまで、私が生きていることはないのだから、まさに滑稽な喜び。

私たちは、永遠の前の一瞬を生きているにすぎない

人間の皮膚にも老化のきざしははっきりと窺えるが、思考もその原則を逃れることはできない。

しかし地球上のものが、時の経過という運命を拒否できない以上、思考も老いていいのだ、と私は考えている。私はカトリック系の学校に幼稚園の時に入れられたので、ごく幼い時から、先生の修道女たちが「私たちは、永遠の前の一瞬を生きているにすぎません」「この世は、ほんのちょっとした旅路なのです」と言

うのを聞いて育った。私もけっこう反抗的な生徒だったが、修道女たちのその「呟き」が間違いだと思ったことはない。

第3章

自然体で生きる

✿生涯の深い黄昏に入って行く時期に人生は完熟する

人間には、誰にも必ず、このように限りなく、一点のくもりもなく輝く時がある。それは一瞬か一日か長い年月かは別として、主観的に多分一度はあるものだろう。その人生の輝きに燃えた後でまちがいなく、黄昏が訪れ、終焉が来る。

その終焉の部分を思わせるのが、二〇一四年三月二十一日付の読売新聞の「人生案内」の欄で、そこには評論家の樋口恵子さんの静かで温かい回答が掲載されていた。

正直なところもっとお若い時の樋口さんの書かれるものは、私と視線の方向が違い過ぎて、必ずしもついていけるものではなかった。しかし今、お互いに年を取って、私が樋口さんの境地を理解できるようになったのか、それとも樋口さんが自然に少し変わられたのか、いずれにせよ、私のような読者をすんなりと納得させる名文であった。

質問者は八十歳の女性である。癌の術後でまだ寝たままである。夫は二十年以上前に亡くなり、長男一家と同居している。夫の残してくれたもので年金もある。孫も身近にいる。

しかし毎日の生活はさみしい限りだ。

同居の長男はめったに自分の部屋に来ない。皆のいる部屋に行っても、誰も話しかけてこないので、テレビを見て過ごす。次男もいるし近所には弟もいるが、長男の態度に気を遣ってか、めったに訪ねて来ない。

この短い人生相談の中に「さみしい」という言葉が実に四回も使われている。「さびしい」のではなく、「さみしい」のである。それは冬の夕方、人一人訪れない暮らしに刻々と迫る夕暮れのような感覚である。

それに対して、一生元気で前向きな姿勢を通してこられたように見える樋口さんがどんな答えをされるのか、と私は自然に期待したのだが、そのお答えは実に誠実で快く重い真実に満ちたものだった。樋口さん自身も「さみしい」と言われる。客観的に見れば、質問者よりもっとさみしいかもしれない。自分も五年前に大手術を受けて、今も心肺機能が同年齢水準の六十パーセントしかない。子供の数もたった一人。孫もいないから、小遣いもあげられない。兄姉もすでに死んで姪や甥もいない。

「死に近づいていく老いの身は、さみしいのが当たり前です。この世に惜別の情が深い人ほど人生は楽しかったと思いましょう。だって、早く死にたいなんて、今も思っていらっしゃらないはずですから」

と樋口さんは書いておられる。

一人の人間が、生の盛りを味わう幸福な時には、死は永遠のかなたにあるように見える。しかしその同じ人が、必ず生涯の深い黄昏に入って行く時期があるのだ。それでこそ、多分人生は完熟し、完成し、完結するのだ。だから人は、「さみしさ」を味わわなくてはならないのだ。

背伸びをしても日常生活は続かない。少し余力を残すくらいの方がいい

六十歳を過ぎた頃から、私は家にいてお年賀を受けることもやめた。お葬式も無理して出ることをしない。

結婚式はもうとうの昔に失礼することを決めた。もともと仲人など十年以上前にしたのが最後で、以後したことがない。故人の追悼文、本の推薦、前書き・後書き、出版記念会、受勲祝賀会、何もかも出席を止めてしまった。それでもまだ旅に出ると、疲労がどっと出て風邪が治らない、というのは、私は実生活よりもっと怠けていたいという本心が執拗に残っているからとしか思えない。

毎年一月の末に、私は二十八年間続いてきた海外邦人宣教者活動援助後援会（通称JOMAS）の年次報告を約二千通送る。もちろん手伝ってくださる方たちはいるのだが、年に一度の私の精力はそれに費やされて、年賀状までは手が回らない、という感じである。

義理を欠けない人が世の中には実に多い。欠くよりももちろん欠かない方がいい、という原則をあくまで認めた上ではあるが、義理を欠けば、自殺もしなくて済む。病気も減るだろう。

いらいらも減少するのではないかと思われる。

誰に対しても謙虚な申し訳ない思いを持ち続けられる。

そして頂いた年賀状は、大切に幸福と感謝に包まれて読む。

人は自分の才能や能力などを、身の丈に合った使い方をして暮らしをする他はない。背伸びをしても日常生活は続かないのだ。

むしろほんとうは少し余力を残すくらいの方がいい。

この病気で死ぬことはないが、
薬もなく一生治りませんと言われ気が楽になった

「年のせいさ」と言う時、夫はほんとうに嬉しそうな穏やかな言い方をする。それが万物の法則に則った自然な変化なのだから。

しかし次第に私は、私らしくないほど体がだるくて起きていられなくなった。夜寝る前に、歯を磨いて寝間着に着替えるだけの「仕事」の前にちょっと横になりたくなる。ベッドに寝たら、もう何時間も起き上がれなかった。数日おきに微熱が出る。三十七度六分程度の微熱なのに、だるくて本を読むことしかできない。ちょっとしたことで角膜が傷つき、眼が痛むのはドライアイになっているからであった。おかしいのは、足の裏にできたマメが何カ月も治らないことだった。外を歩くと、一足一足の痛みのために、家に帰るとがっくり疲労していた。

それでいて私はやはり料理もできた。人との約束は守るという小心者の習慣のために、講演をキャンセルもしなかった。講演は一時間半必ず立ってする。腰掛けたりしたら、私は却ってしゃべれなくなってしまう。声も後までよく通ると主催者は言う。

二〇一四年九月九日、ついに私は自分の中の内部造反に耐えかねて、予て知人から聞いてあったリューマチ科の専門医を訪ねた。待合室は女性ばかりだった。私は生まれて初めて手のレントゲンをとられ、その年まで六十三年間、職人のように働いて来た自分の掌の骨と対面した。働いて来た、と言う割りには、関節の減り方も少ない。何だか少し裏切られたようであった。通常の検査で出る数値は、腎臓や肝臓の機能も尿酸値も、すべてが恥ずかしいほど正常であった。しかし普通の検査ではやらない検査方法で、私はごく軽いシェーグレン症候群に罹《かか》っているということがわかった。これは簡単に言うと、免疫が自分を攻撃するおかしな病気だという。

うまくいけば、この病気で死ぬこともない。しかし薬はなく、一生治りません、と言われて、私は気が楽になった。

何というい病気になったものだろう、と再び私は幸せになった。薬を飲め、専門の名医は稚内《わっかない》と鹿児島にいる、ということにでもなったら、私は家族の手前、北から南へと駆け回らねばならない。しかし私はつまり何もしなくてもいいのだ。

私は性格においては律儀な働き者に生まれたのだが、今は地面の底に引き込まれるほどの倦怠感で、ほんものの筋金入りの怠け者になっている。だからどちらの性格もつまり正真正銘の私なのだと言えそうな気がしてきたのである。

老後は互いにその暮らしかたの違いに感心し、呆れて笑って眺められればいい

年を取ると、不自由になることも多いが自然になれることもある。ゆっくり歩いてもその人らしいし、お金を払う時、多少モタモタしていても許される。「人生を終わる」という大局は決まっているのだから、世間は寛大になってくれるのだ。これを見ても、すべての任務は有限であらねばならないし、ほどほどの時機に退場した方がいいのもほんとうだ。いつまでもそのポストにしがみつく人が好まれないのも当然である。

しかし定年退職の年は決まっていても、そこに至る前後の身のふり方は、さまざまだ。ゴルフしかしなくなる人に対して、ゴルフをしない私はよき理解者になれない。しかし町をほっつき歩く人に対する同感は最近ますます深くなった。町を見るということは「人生を改めて見せてもらうこと」だとわかっているからだ。町歩きの道楽がいいのは、ほとんどお金がかからないことにもあるだろう。運

動靴が多少早くダメになるだけだが、老人だから、それくらいのむだ遣いのお金は持っている。そしてまた、老人は、もう老い先短いのだから、お金は貯めるだけではなく、うまく遣う才能の方がむしろ大切だ。

ただ老人になると、自分流の生き方しか認めなくなる人も出てくる。それも困る。老後の暮らしは十人十色、百人百通りなのだ。お互いにその違いに感心し、改めておかしがり、呆れて笑って眺められればいい。若い時には、立派な生き方を見習う必要もあった。しかし老後なら、別に立派でなくていい。殺人や、詐欺や放火など、他人の人生を傷つけたり、その運命の足を引っ張るようなことさえしなければ、たいていの愚かさも許してもらえる。

運命の大きな流れのなかで人が決められるものはごく僅か

私は大きな方向は自分で（決めたいと願い）、小さな部分では流される（ことは致し方がないと思う）ことにしている。いや、その逆かも知れぬ。人間に決められるのは晩のご飯のお菜くらいなもので、お菜だって、マーケットに買いに行ったら、予定して行ったものがなかったということはざらなのだ。大きな運命にいたっては、人間は何ひとつ、自分で決めた訳ではない。私たちが、二十世紀の終わりに、日本人として、それぞれの家庭に生まれ合わせたこと、どれひとつとってみても私の意志ではなかった。私たちはその運命を謙虚に受けるほかはない。自然に流されること。それが私の美意識なのである。なぜなら、人間は死ぬ以上、流されることが自然なのだ。けちな抵抗をするより、堂々とそして黙々と周囲の人間や、時勢に流されなければならない。

同じ家庭内の仕事だけに留まっているにしても、そう思えば孤独でなどありようはないのだ。なぜならその人は、そのように生きることを神から命じられているからだ。そしてその人の行為は、誰からもホメられなくとも、それは単独に、そのことじたい、立派に完結して輝いている。自分の行為を、他の人によって評価されねば安心できない人は、そこでいつもじたばたすることになるのだ。自分が満足できることをしていたら、わかってもらえなくてもいい、と考えられないだろうか。

大人は道楽と酔狂で生きる

人は何かを相手のためにすることがもしあるとすれば、道楽か酔狂でするのがいいのである。そしてそれをした理由は、道楽か酔狂以上のものではなかったということを、しかと自分で自覚しているのがいい。

だから、子供や若者の基礎的教育の場合は別として、大人は、自分の道楽と酔狂で生きるべきなのだ。もちろんことの責任は、当人がすべて引き受けねばならない。しかし道楽と酔狂でする気にならないのなら、どんなこともするのは止めた方がいいのである。

しかし今の時代の困るところは、道楽と酔狂を止める理由はたくさん社会が用意してくれているが、道楽と酔狂を認めたり、時には勧めたりする空気や追い風は、ほとんど吹かないということだ。

道楽と酔狂を制止する鍵はいくらでもある。人権に反する、とか、平等と公平にそぐわない、とか、それは個人の責任ではなく政府のやることだ、とか、一人の命は地球よりも重いのだから決して命を賭けてはいけない、とか、戦後教育が民主教育としてうたって来たほとんどのルールは、この二つの抑えがたい情熱の抑止力として働いて来たのである。

しかし人間は本来、可能性としてはそうではない。個性は強烈な悪でもあり、善でもあった。いや、同時に悪でもあり善でもありえた。しかし今では悪でも善でもない生き方ばかりが市民権を得ている。

道楽とは道を楽にすることとか、楽しむことか？

三浦半島の暮らしは、私にとって実にありがたいものだった。家の周囲はすべて畑地で、大都市近郊型の農地が続いている。そこでは一年間、大根、キャベツ、西瓜の三種類を輪作《りんさく》していた。それらの野菜やくだものは東京という大消費地を近くにおいて、かなりいい値段で売れるようであった。

もっとも私はそこに半世紀住むようになってから、農業の厳しさを自然に学びとった。素人が道楽で、畳二、三枚の面積の土地を耕し、そこに菜っ葉を作ってみたって、農家の苦労はとうていわからない。

驚いたことに、農業は都市に住む私の考える以上に投機的なものだった。「何かの理由で」キャベツの種蒔きが遅れ、もう間に合わないかと思うような時期に辛うじて種蒔きを終えると、その時期はずれのキャベツが意外な高値で売れた、というような話を時々耳にするのである。これはまさに、株に手を出すくらいには投機的なものではないか。

それに比べると作家の仕事に投機性はほとんどない。私たちが受け取る原稿料は手堅い賃仕事である。一生に一、二度、著書がベストセラーになると、何もしないのにまとまったお金が入ってくる。しかしそのような幸運は、文字通り「生涯にあるかないか」の出来事であった。「どうしたらベストセラーを出せますか」という質問に、自信を持って答えられる作家は、ほんとうに数少ないだろう。

世の中の仕組みは不可解な謎に満ちている。

作家は「道楽」で、書く気がないと続かない。道楽とはおもしろい言葉だ。道楽は道を楽しむことなのか、道を楽にすることなのか、私には今でもよくわからない。しかし、とにかく私は、現世の仕事で書くことが一番楽だ。少々微熱があれば家の前の坂道を登ることだって辛くなるのに、書くことならできるのである。

不真面目に思われようが、どうして書くことが私にとって一番楽な仕事になったか、その理由はよくわからない。しかし人間が「今日一日、呼吸することに疲れました」とは言わないように、私も書くことに馴れすぎて、あまり疲れなくなったのだろう。

畑仕事から実にたくさんの人生の甘さとほろ苦さを学んだ

植物も、虫も変な性格ばかりだ。

私は毎年、そら豆を作り、その採り立ての時にたまたま遊びに来てくれた杉本苑子《そのこ》さんを驚かせた。「そら豆がこんなに美味しいものとは思わなかった」というわけだ。採ってきたばかりの豆はほんの、二、三分茹でれば食べられる。甘くて香りがある。そのそら豆にはアブラムシがたかるので毎年、私は腹を立てていた。

私は無農薬主義者ではない。瑕瑾《かきん》のない人間はいないのと同じで、現世は必ずいささかの愚かさや毒と共存して成り立っている。私はたいていの人とつきあうが、正義感の強すぎる人や、人権尊重を売り物にしている人とは、恐ろしく仲良くなれない。

ところが或る年、一人の人が「そら豆のアブラムシは中心の芯の先に付くのだから、そこを摘み取れば、もう付かない」と教えてくれた。これで問題は解決だった。

私は何十年、この実に簡単なことを知らずに苦労して来たのだ。しかしそれにしてもアブラムシという虫は変な虫で、中心の芯にしかたからない。脇枝からだって吸う汁の味は同じだろうが……。

もっとも考えてみると、人間にもそういう人はいる。総理大臣と知り合いであることや、「宮様がうちの県においでくださった」ということだけがありがたくて、他にたくさん喜ぶべきことがあるのに、そのことには触れない人もいる。アブラムシは変な虫だと言うが、文章を書くことしかできない私も、動物としてかなりおかしい。しかしとにかく私は畑仕事から、実にたくさんの人生の甘さとほろ苦さを学んだのである。

人だって物だって長保ちしているものは原価は安くない

私の家は、もう六十年も経つ古屋で、始終修理をしているからまだどうやら雨漏りはしていないけれど、時々とんでもない古い景観が残っている。家の一隅に置かれた古い「黒いダイヤル式」の電話器を見た若い編集者の女性に「これ、どういうふうにして使うんですか？」と訊かれたこともある。

私は、人には長生き、物には長保ちを望んでいた。大した理由はない。強いて言えば、けちの精神の結果である。人だって物だって「ここまで来るには」時間も手数も、もちろんお金もかかっている。つまり原価は安くないということだ。だから大切にしっかり使わねばならないということだ。

背伸びするより、ばかにされることの方が気楽である

結婚して何年か経った時——と言っても古い昔のことだが——夫は「ボク、自分が一番有能だと思ってるの。他の人は全部——僕より無能だから、期待してない」と嬉しそうな顔で言った。つまり私が無知だったり、ドジだったりしても、別にショックを受けることはない、という宣言である。

こういうことを配偶者に言われると、ひどく傷つく人もいるらしいけど、私は「しめしめ」と思う性格だった。むしろ相手が私に大きな期待をし、それを私が叶えられないと叱られるような生活だけはしたくないから、ばかにされている方がどんなに気楽かしれなかったのである。

こういう言葉を聞くと、女性に対する侮辱だと感じ、「よくそんな失礼な言い方を聞き流しているわね」と怒る人の方が現代では多い、ということもよく知っている。しかしそれぞれの家庭には多分に「それなりに歪んだ」解決方法があるのだから、それを許してもらう他はないのである。

夫がこう言うのは、しかし他人を本気でばかにしているのではない。夫は一応物知りだと人には言われるが、それでも芸能やスポーツになると、子供に笑われるような無知をさらけ出す。ばかにされるのも人間にとってはまた楽しいことを知っているのである。

たまに「もめごと」があって少し落ちつかないほうが健全である

「もめごと」のない家は、平和でいいように見えるが、生気がない。自然は本質的にさわがしいものだ。雨も降れば嵐も来る。落葉も散る。これでいい、ということはない。一家の中もそんな程度に落ちつかなくていいのだろう。

昔私は、同級生で修道院に入った親友に聞いたことがあった。

「修道院では、シスター同士で喧嘩なんかしないでしょう？」

「するわよ」

そう答えた人は、おおらかで開けっ広げな性格だった。

「理由はどんなものなの？　何が理由でシスター同士が喧嘩するの？」

「ほとんどは『連絡不行き届き』ね。言ったはずだ、伝わってない、の話よ。どっちもどっちみたいで、どうでもいいような話なんだけど」

多分それが人生というものだ。俗世でも修道院でも、人情は全く変わらないことに私はほっとする。

人間が、修道院に入ったからといって、数年のうちに性格の本質まで変わったら、私はむしろ気味が悪い。しかし連絡不行き届きだって、そのうちに、現実はそのまま推移していくものなのだ。

プラスの喜びでもマイナスの災難でも「まあご愛嬌」

昔からあまり「人の身上話」を聞くのが好きではなかったが、世間の、それももう中年以降の人は、自分の人生をどう思っているのだろうという興味は今も残っている。運命は予想通り、と言える人の方が多数なのか、それとも「こんなはずじゃなかった」組の方が多いのか。

実はどちらにせよ大したことではないのだ。私と私の知人たちの幸不幸は、それほどブレが大きくはないだろうと思う。たいていの人が小市民的な生涯を送る。そして小市民的生活の中で起きる幸不幸は、プラスの喜びでもマイナスの災難でも「まあご愛嬌」という程度のものがほとんどだ。

私は昔から自分の身に起きることはすべて大したことではない、と思うようにしていた。主観と客観の落差を常に埋めるように訓練していたのだ。いつも必ずうまくいっていたわけではないが、それが小心な私の生き方になっていた。だから夫の死に際しても、私は動揺を示すわけにはいかなかった。

平凡な人間の哀しい礼儀

それが私の考える人生の実情に思えた。理想ではない。誰もが偏っている。誰もが時には幸福から突き飛ばされ、しかし地獄のようなケースも稀である。人は全員が自分の生きる小さな場を持ち、誰も他者を本当には理解できない。その虞《おそれ》や深い絶望を前にして、時には、持ち前の鈍感さを救いにして立ち止まることこそ、平凡な人間の生き方であり、それが哀しい礼儀ではないかとさえ思えるようになっている。

鈍感さは鋭敏さよりも、私を穏やかにし、行動を自由にしてくれる

私は同じ塀の中に住んでいる美しいおばあちゃんである姑と、確かにすさまじ

いケンカをしたこともあるのだが、今どうしてもその理由を思い出せない。思い出せないから、平気で何でもない顔を押し通してしまった。向うさまにしてみれば、あの時、よくあんなことを言っておいて、今さら平気で、と思っているかもしれないが、私がけろりとしているものだから、仕方なくつられてにこにこしている。

きちんと筋道をたてる人は相手にも同じように要求するのではないだろうか。自分が相手にかけた想いと同量同質のものをかけ返してもらわなければ、信義も正義もなり立たないからだ。

しかし世の中は決してそのような律儀なものではなく、むしろその場限りの忘恩的なものが多いから、その人は恐らくその矛盾に苦しむことになってしまうだろう。

私はインドへ行った時、病人の日常使っている食器から物を食べることも平気だった。そのような荒っぽい、鈍感な部分がある。

そして私の場合、そのような鈍感さは、鋭敏さよりも、はるかに私を穏やかにし、行動を自由にし、恐怖やうらみをとり去ってくれているか、はかり知れないくらいなのである。

どんなに複雑な哲学や心理でも、簡潔な表現ができる

深刻で高級そうな文章を書く作家ほど、自分のような複雑な内容を持つ作品には、それなりの複雑で難解な文章が必要なのだ、と言うものだ。しかしそれはその人の才能のなさを表しているに過ぎない。

難解な文章に突き当たると、権威主義者や眼のない読者は簡単に恐れや尊敬を抱くのだが、私は若い時から「修練のできた作家というものは、どのような複雑な哲学や心理でも、楽々と、実に簡素な表現でそのことを言い得るものである」と教わったのである。つまり「秋の日は澄んでいる」と言うくらいのなにげなさで、どんな込み入った心理も思想も語れるというのがほんとうの力量なのである。小説では志賀直哉の短編を読めばそのことがよくわかる。

ご購入作品名

■この本をどこでお知りになりましたか？

□書店（書店名　　　　　　　　　　　　　　　　　　　　　　）

□新聞広告　□ネット広告　□その他（　　　　　　　　　　　　）

■年齢　　歳

■性別　　男・女

■ご職業

□学生（大・高・中・小・その他）　□会社員　□公務員

□教員　□会社経営　□自営業　□主婦

□その他（　　　　　　　　　　）

ご意見、ご感想などありましたらぜひお聞かせください。

ご感想を広告等、書籍のPRに使わせていただいてもよろしいですか？

□実名で可　□匿名で可　□不可

一般書共通

ご協力ありがとうございました。

郵便はがき

おそれいりますが
切手を
お貼りください

102-8519

東京都千代田区麹町4−2−6
株式会社ポプラ社
一般書事業局　行

お名前	フリガナ	
ご住所	〒　　-	
E-mail	@	
電話番号		
ご記入日	西暦　　年　　月　　日	

上記の住所・メールアドレスにポプラ社からの案内の送付は
必要ありません。□

※ご記入いただいた個人情報は、刊行物、イベントなどのご案内のほか、
お客さまサービスの向上やマーケティングのために個人を特定しない
統計情報の形で利用させていただきます。

※ポプラ社の個人情報の取扱いについては、ポプラ社ホームページ
（www.poplar.co.jp）　内プライバシーポリシーをご確認ください。

老いた体の不具合をだましだましやりすごす

勤めの前後から私が自分の健康のためにしていたことは、趣味で昔風のおかずを作ることと、自宅の庭でうちで食べる野菜を少々栽培することと、始終マッサージを受けることだけだった。

若い時には低血圧で起きていられないほどだったし、総じて巡りの悪い体質なのである。その年代になると、当時世間ではエステに通ったり、エアロビクスという名前だった痩せるための体操などもはやっていたのだが、私は一度も加わったことがなかった。私は昔からスポーツが好きではなかったのである。

そのうちに私は始終、肘から上に痛みを覚えるようになった。「四十肩なのよ」と私は自分と性格のよく似たマッサージ師に言った。「八十近くなって、四十肩は図々しいよ」と彼女は私に言った。右足の骨折の後、私はしゃがむという動作も、和室に座ることもできなくなっていて、畑仕事もほとんど人に頼むようになっていたが、私はそれでも自分は健康だと思っていた。ところが朝起きてから三十分くらいは体中が痛くてよく動けない。腕も上がらない。しかし朝飯の支度やほかの雑用をしているうちに、私の体は次第に冷凍の魚が解凍されるように動きがよくなる。高齢者の生活というものは、そんな程度の不具合があって当然だ、と私は思っていた。時々無性に働くことが嫌になる日も出て来たので、私は「怠け者で」と正直に人には語っているつもりの時もあったが、人は皆私のことを律儀で活動的だと思うらしかった。

社会的な約束事に縛られているから心は健康でいられる

最近の私の日常の中でも、猫と分かち合う生活の部分はほんとうに下らない。私は寝坊ではないが、猫たちは私の起床時間をそれとなく見張っているような気がする。

或る時、私は思いがけず寝坊して、ほとんど着替えもせず階下に下りて来た。

ずっと一緒に暮らしているイウカさんと朝のコーヒーを一緒に飲むことを一日の初めと思っているし、血縁はなくても家族の絆を確かめる習慣のように感じている。

現実には私が何時まで寝ていようと、イウカさんはその我がままを許してくれると思うが、私はこうした規範のない暮らしをいささか嫌っている気味もある。人間には全く身勝手な、個人的魂と肉体の欲望もあるが、必ず近くにいる人との社会的な約束事に縛られて生きたい部分もある。それがないと、人間の精神と肉体は、あまりにも身勝手になり、現実の健康さえ崩れるような気がする。

人間の暮らしにはすべて両面がいるのだ。魂も同じだ。縛られる面と身勝手が許される面との双方がある時、人間は、人間性を失わずにいられる。魂の不自由が人間性を破壊することは、戦争中の社会のあらゆる面で証明された。しかし完全な自由だけを手に入れても、人間の心は健康にならない。

猫は与えられているものをないがしろにしない

猫はいつも窓と椅子を選ぶ。夫が亡くなるまで、我が家には猫などいなかったから、窓も椅子も初めから終りまで人間が使うものであった。しかし今や窓と椅子を選ぶのは猫たちなのだ。

窓は陽差しや風の入り方と密接に関係がある。考えてみれば窓は謙虚なのだ。陽や風に指令を出すのではなく、陽や風が好きなように、無言で道を開けたり閉ざしたりしている。

猫もうまく空気の自然な温度を使って生きている。人間の好むこたつにもぐり込んだり、木陰を利用したり、冷たい石の床の上に寝たりする。自分自身は夏でも「安ものの毛皮のコート」を着ているのだが、それを重荷に感じたり不平を言ったりしない。

人間もこうありたいものだ、と私は年に何回か思う。人生でないもののねだりをしてせっかく与えられているものをないがしろにしたりしてはならない。

「野垂れ死すればいいいんじゃないの？」

その頃、私は癌についてたくさんの著作のある近藤誠先生と対談を続けて来ていて、近く共著を出すことになっていた。私の方が仕事が遅いのだが、その間に近藤先生は「あとがき」まで書いてくださり、それを出版社が事前に私に送って来たのだ。

仕事の途中で、先生と私は近い将来にやってくる「超高齢社会」の悲惨さに触れた。二〇一三年暮れ、私は「小説新潮」誌に『二〇五〇年』という近未来小説を書いた。その話題が出た時、同席していた編集者の一人が、

「そうなった時、先生、我々はどうしたらいいいんでしょう？」

と尋ねた。すると近藤先生は、

「野垂れ死すればいいいんじゃないの？」

とお答えになった。

それこそ私が昔から口にして来た答え、思っていた解決法と全く同じものだった。年金がもらえるか、高齢者の全員が国家的施設で手厚く最期を看取ってもらえるか、などというううまい話は、すべて人手がなくなるという統計上の理由から、幻影にすぎなくなるだろう、ということだけは見えている。

しかし、恐らく近藤先生も私も、この言葉を投げやりな思いや、考えるのを放棄して口にしたのではない。深慮の果てにそう答える他はなかったのであり、その姿は人間の最期として決して敗北を意味するものではない。

それはどのような時代をも甘受して生きねばならない人間の、むしろ冷静な、勇気ある選択の結果であり、私は自分が果たしてうまく野垂れ死できるかどうかを深く疑って来た。

私は平和な日本で、賢い日本人に囲まれて生きたおかげで、人生を過不足なく見せてもらえた。輝くような日々ばかりではないが、世の中は信じるに足るものだと思えた年月もあり、自分の肩のあたりに運命の陰影がひたひたとさしてくるのをうすら寒く脅えつつ感じていた日もあった。だが、すべて過不足なく与えられていたから、私の感謝も深いのである。

死によって人生の重荷から解放される

私は今でも、そして誰にとっても、死ぬしか解決がつかない状態というものがある、と思っている。皆が助け合って、困った人を救うというのは美しい話だが、そのような美談はいつも成立するというものではない。それは出来の悪いテレビドラマの筋で、すぐにばれるような嘘がある。だから少し賢い人は、そんなお伽《とぎ》話のような解決策を期待してはいない。これは私が、不仲な両親の間で育った子供時代の実感だ。そしてそういう時、人間はたとえ子供でも、救いに希望をかけられず、一番いい方法は、自分に死が与えられることなのだ、と考えているのである。

今でも、死は実にいい解決方法だと思う場合がある。自殺はいけない、人殺しもいけない。しかし自然の死は、常に、一種の解放だという機能を持つ。痛みや苦痛からの解放だという場合もあるし、責任や負担からの解放である場合もある。周囲の人に、困惑の種を残して行くという点で無責任だという場合はあるが、死ぬ側にとっては、自然に死を終えれば、死は確実な救いである。

こうした死の機能を、私たちは忘れてはならないと思う。

どんなに辛い状況にも限度がある。つまりその人に自然死が訪れるまでである。期限のある苦悩には人は原則として耐えられるものだ。だから私たちは、自分の死を死に易くするためにも、もし今苦しいことがあったら、それをしっかりと記憶し、死に臨んでそれらのものから解放されることを深く感謝すればいいのである。

砂漠は何もないがために見事なほど「完璧」であった

私が砂漠で悟った（というほどのものではは本当はないのだが）ことは、砂漠と文明の基本的で現実的な違いであった。

砂漠では、私たちは日本の生活に比べると、実に単純な暮らしをしていた。電気、水道、お風呂、テーブル、本と本棚から、瑣末《さまつ》なものでは個人の好みでコーヒーを飲む方法までもなくなっていた。本当はコーヒーなんかなくても人間は生きていけるのだが、コーヒーほど、人の趣味的な面を見せるものはない。コーヒー茶碗の形とデザイン。それに添えるスプーンはどのような大きさのがいいか。コーヒーに合うお菓子は何がいいのか。そもそもどういうやり方でコーヒーをいれるか。砂糖とミルクまたはクリームは、入れるのか入れないのか。どんな砂糖が好ましいか。かくして、たかがコーヒーに、無限の希望条件、選択肢は増えていく。茶人が自分が主人になって開くお茶会では、使うお道具にほんの少しの違和感があってもならないのと同じで、道具を使う人間は、常に「不足」感に苦しむわけである。しかし砂漠は何もないがために「完璧」であることに、私は驚いたのである。

第4章

耐えて咲く花ほど美しい

絶望の闇の中で一行目を書き始めた

「トルコは初めてですか？」

と会う人は気軽に聞いてくださる。

「ええ、昨年もイスラエルに行く前に、身障者の方とごいっしょに来ています」

嘘ではないから、そう答える時もある。

しかし前があるのだ。二十年前、私はかなり視力を失っている時にここへ来た。旅の目的は聖パウロに関係のある土地をすべて歩くことだったが、私は直前になって参加する自信を失っていた。道はどうやら歩けるが、自分がつい今しがた下りたバスさえも、少し離れるともうどこに止まっているか見つけられない。しかし弱気になった私を仲間が支えてくれた。「大丈夫です。人混みの市場のようなところを歩く時でも決してソノさんから眼を離しません。誰かが必ず見張ってます」と言ってもらったのである。

今度、車が坂道の途中のディヴァンというホテルの前を通りかかった時、再び二十年前の思いがよみがえってきた。その旅の時、私たちはこのホテルに泊ったのだ。実際の照明が暗いだけでなく、当時の私の眼は、晩年に白内障に苦しんで二度と回復しなかったモネと同じように、どんどん光の入り方が少なくなっていた。ホテルの部屋は私の心象風景のように暗く息詰まるようだった。しかし私は何とかしてこのどん底から這い上がらねばならない、と感じていた。おそらく書けることはないだろう、と思いながら、長年の習慣から断ち切れない思いで携行していた原稿用紙を、私はこのディヴァン・ホテルの部屋で取り出した。

紙に眼を五センチくらいまで近づけなければ何も見えない。大きな字で原稿用紙の枡目《ますめ》を埋めると一分くらいで激しい頭痛が始まる。当時の私の眼には三重視があった。信号機の赤も、米俵を積んだように三つずつ見える。自動車も、同じ自動車が必ず三台ずつやって来るのである。

しかし私はそのディヴァン・ホテルで「讃美する旅人」という短編集に収められることになった作品の第一行目を書き出したのであった。

人生は苦しみを触角として人々とつながっている

しかし本当の孤独というものは、友にも親にも配偶者にも救ってもらえないものだということを発見した時である。それだけに絶望も又大きい。しかし、人間は天地開闢《かいびゃく》以来、誰もが同じ孤独を悩んできたのだ。同じ運命を自分だけ受けずにすますということはできない。

孤独ばかりではない。あらゆる人々がさまざまな悩みに悩んできた。雄弁家として知られるデモステネスは吃音であり、ダーウィンは病弱で、スウィフトは自分の才能が人々にわからぬという点で、フロイトは広場恐怖症に、チャーチルとトルストイは不器量コンプレックスに苦しんできた。それなのに自分だけは、と思う方がおかしい。いわば人生は苦しみを触角として人々とつながっているとさえ言えるのである。

不眠症と鬱病に苦しんでいた時私が夢みた人生

不眠症と鬱病に苦しんでいた時私が夢みた人生は、いつか年とった私が南方の（外国の）どこかで、水上家屋の、道に面したペンキのはげちょろけになった階段に座って貧乏ゆすりをしながら、じっと夕陽を見ている図であった。その時の私にとって、せめてそれが一つのきわめて具体的な理想だったのである。

海で暮らしていると、私は夕映えの度にあらゆる仕事を中断して庭に出た。そして夕陽が海か雲か山に沈むまで見ていた。

私は本当に何度、魂をとろかされるような夕映えを見たことだろう。それは完璧な一つの表現であった。いかなる文章もそれを表現することは不可能であった。あらゆる絵画よりもそれは能弁であり、あらゆる詩よりもそれははるかに包括的に思えた。

私の考える人生の最終目標は、この夕焼を見る時の私のような生の実感を、できうる限り濃厚に味わいつくして死ぬことであった。濃厚ということには必ずしも、「美しいもの」だけが含まれるわけではなかった。憎しみにしても淡いよりは、もしかすると濃い方がいいかもしれない。何ごとによらず強烈に、というわけである。

もっとも私は弱く卑怯だから、濃い憎しみや苦しみに遭うと、すぐお手あげをして、「もうたくさんです」と言いそうではあった。

空腹が続けば「自殺を考える余裕」はなくなる

ディヴァン・ホテルで短編の第一枚目を書き始めて、「まだ書ける」と私は少し喜んだのだが、やはり私は毎日、死ぬことを考えていた。視力障害というものは眠っている時以外、いやでもその事実を当人につきつけ続けるものなのである。

しかし翌日、私たちはバスでアンカラに向かった。イスタンブールからアンカラまでは約四百キロ、朝出て夕方六時になってもまだ着かなかった。このまま真直ぐ走れば、いつかはインドのカルカッタ（現コルカタ）へ出るはずである。視力に自信がないのだから、正確ではないかも知れないが、昼食を食べた時以後、食事のできそうなドライブインなど、当時はなかったように思う。

私はだんだんお腹が空いてきた。途中で買ったカシューナッツを膝の上でむいて口に入れていた。アンカラに近づくと驟雨《しゅうう》があり、道のあちこちに水溜りができていてなかなかホテルにも辿り着かない。

私はふとある現実に気がついた。空腹を感じて以来、私は一度も死ぬことを考えていなかったのである。

今日本では、高齢の自殺者が多いという。飛び込み自殺など交通機関にひどい迷惑をかける。どうしても死にたい人はその前に、二、三日断食してみるといい。どうせ死ぬなら断食くらい、一週間でも十日でもできるだろう。空腹になると、人間は生の法則に従うようになる。飽食が可能な個人的、社会的状況があるから、人間には甘えができて、「自殺を考える余裕」も生まれるのである。私もまた、死をこの視力障害の一つの解決法として考えていて、一時間に一回くらいは死ぬことを思っていたのである。

二週間ほど後に私たちはトルコ南岸のフィニケに来た。フィニケとは「フェニキア人の」という意味だ、と聞いたが確信はない。当時そこは人気もなく、海岸では澄んだ水がさざ波を立て、底の石まで多分見えていたように思っている。つまり私の印象だと、海は笑っていた。

海は私がそこで自殺しても笑い続けるに違いなかった。ここは暗く深刻でなさそうでいい場所だ、と私は思った。どうしても死にたかったら、ここへ来よう。今は友人たちがいるから、迷惑をかけたくない。しかしあらゆる個人の死など歯牙にもかけないようなこの冷酷な明るさの海は、死に場所としていい。

もうその時には、私は死から抜け出していた、と言ってもいいのだろう。あるいは私は初めから死を実行する気はなく、ただその想念を弄《もてあそ》んでいただけだと言われても、私は決して反対しない。

反面教師の親を持つことの意味

私の母が私を道連れに自殺しようとしたのは、私が小学校高学年の時である。私は今でも母が死のうとした理由を正確には言えない。

母といえども他人である。しかし母が死ぬほど結婚生活がいやだったということだけは確かであった。

今の私は態度が悪いから、死なななくても、さっさと離婚すればよかったのに、などと思う。

父が意地悪をして、離婚すると言えば母に一円のお金もくれない。母は食べられないからガマンして結婚生活を続けていたのだ、といくら説明しても、今の人は「スーパーでバイトしたら？」「生活保護があるじゃないの」と言う。スーパーも生活保護も当時はなかったのである。

母が自殺を思い留まったのは、私が泣いて「生きていたい」と言ったからである。

母は本気で死ぬつもりだったのかどうかもわからない。本気なら、その時までに、刃物で私を刺していたろうとも思うからだ。

私は大きくなってからもずっと、自殺の道連れになりそうになった体験など、すべての人にあるのだろうと思い込んでいた。

そんな経験がない人が多いのに驚いたというのが、私の愚かさで、今では笑いの種である。

今日の結論は、教育的に見て、私の両親はいい人たちだったということだ。私に生きることは厳しくて辛いことだと心底教えてくれたからだ。今日では、そんないい教育はほとんどの人が受けられない。

自分だけが悲劇の主人公だと思わない

トラウマは、社会的に手助けをして治してあげなければならない、という社会の動きはすばらしい進歩だと思う。しかし同時に個人としては、大きいもの小さいものかは別として、誰でもトラウマを持っているのだから、かつての野良犬か野良猫のように、一人で傷をなめて再生する覚悟をもつことも必要な気はしている。自分の受けた不幸だけが最大のものだと思うより、自分も人並みな傷を受けたのだから、多分人並みに立ち直れる、と思う方が希望があるような気もするのである。（中略）

誰でもトラウマがあると言った以上、私のトラウマにも触れなければならないのだろうが、私のトラウマもたぶん人並みな程度である。両親が不仲だったので、私は毎日家で心が休まる時がなかった。でもそのおかげで人の心理を読むことが少し早くなり、小説家になった。小説家なんて心がいびつな人がなるものなので

ある。（中略）
私の育った家のような庶民の家庭では、子供の心理を特に重視するような空気は全くなかったけれど、私はすべてのことを、何でもこの程度のことは普通によくあるものだろう、と考えることにして、自分だけが悲劇の主人公だと思うことは、恥ずかしいからやめよう、と考えていた。万事人並み、という感じ方はすばらしく自由で温かい感じがした。
そうやって私も自分のトラウマをどうやら切り抜けてきたのだろうが、その結果、私の心の深層の気づかないところに傷が残ったとしても、今となっては、自分自身では意識しない方が幸福だ、と認識するようになっている。精神の歪みは誰にでもあることだろう。私の友人たちは、私のいびつな心をそれなりに許してくれたし、あの戦争の頃に比べれば、心の傷の癒し方、ごまかし方も、たくさん選べるようになっている。若い人は別として、殊に私のような老年は、肉体と同様、心も死ぬまで何とか平静に近い状態を保てればいいのである。

朝まで安心してゆっくり眠れるのは、このうえない平安だった

幼時にこういう歪んだ生活をすると、必ず心に傷が残り、円満な人格にならない、という説に私は全面的に賛成である。私はまだ刑務所に入ったこともなく、あまり暴力的ではないと思うけれど、それは子供の時に、暴力の破壊力に恐れをなしたからである。

だから私は結婚後も、夫婦喧嘩はよくしたが、腹を立てて障子を破ったりお皿を割ったりしたことはない。私はもう子供の時の生活にこりごりしたのだ。人間ができているわけではないから、家の中で口喧嘩せずにもいられないが、根が食いしん坊だから、食事時間になれば穏やかに食べたい。ましてや夜だけは誰にも妨げられず、朝まで安心してゆっくり眠らせてもらいたい。昔の母と私は、罰として眠らせてもらえないことがあったから、それだけでもこのうえない平安であった。

犯罪はまだ犯していなくても、根性は確実に曲がっていると思っている。学校の先生でなくてよかった。教会の女性牧師さんでなくてよかった。由緒ある宿屋の女将《おかみ》さんでなくてよかった、と思うと、私は運命に感謝せずにいられない。こうした職種は、正しく、穏やかに、円満に、優雅に、何事にも耐えて、心のほころびなど見せてはならない立場である。

しかし私はそうはいかない。傷だらけだった心は一応治っているのだが、心理の醜いケロイドは残っているはずだから、人はちらちらとそれに気づくであろう。

その証拠に、私は人を見るとすぐ悪く考える習性が残っていた。穏やかそうな顔をしているけれど、家では厳しい人なのではないだろうか。お金持ちらしいことを言ってはいるけれど、こういう人こそ借金だらけかもしれない。犬を可愛がっていて、犬の世話をすると目尻が下がるけれど、世の中には犬には優しくても人には全く優しくない人というのもけっこういるものだ、などと思うのだ。

闘わず、じっと嵐をやりすごした日々

私は自分の未来に希望を持てなくなって、或る日夫に言った。

「もう日本から逃げます」

すると彼はおかしそうな顔をして「どこに行くのさ」と尋ねた。

「ブラジルにでも行きます」

ブラジルなら数人は知人がいた。

「ブラジルで何をする？」

「お芋でも作ります」

私は畑仕事の真似事をすでに体験した後であった。

「書くより、お芋を作る方がうまいとも思わないけどね」

夫は頭から信じていないようだった。

こういう成り行きを今読みなおすと、信じがたいほどばからしい話だが、当時

は避けられない現実であった。

しかし結果的に言うと、私はしぶとく現場を去らなかったことになる。その代わり、盛大に人道主義ぶる風潮と闘いもしなかったし、妥協もしなかった。ただじっと嵐をやりすごしたことになる。

ほんとうに癒す力は当人が持っている

昔、小学生の私が、母の道連れになって自殺未遂にまきこまれそうになった時、私はあらゆる知恵を絞って、生き延びようとした。もちろん、私はどこかに誰か助けてくれる人や組織がないかと考えた。しかしどこにも助けてくれそうな人はいなかった。ほんとうに「どこにも」いなかった。その状況は今でも全く同じだろう、と思っている。

その結果、私は一人でノラ犬のように自分の傷をなめた。かっこ悪い方法だったが、どうにか生きてこられた時、私は一人で生きられたという微かな矜持《きょうじ》を得た。決して「自分を褒めてやりたい」とは思わなかったが、内心ひそかに「運がよかったなあ。助かったなあ」とほっとしていた。それは私にとっては、重く痛い日々だったが、その程度のことは市井の一隅の、「人さまにお話しもできないような」ありふれた悲劇として、そのことを考えられるようになっていた。

今私がそのことを書くのは、それが大した体験ではなく、くだらない体験だから、却って「ああ、私も同じだった」と安心してくれる人もいるかもしれない、と思うからだ。

ニューヨークとワシントンにいくら心理学者を送って被災者の心の癒しの手伝いをしても、ほんとうに癒す力は当人にしかない。自分で耐えよう、自分で解決しようと思わない限り、その人は立ち上がることはできない。そしてそのような本能に近い力は、ほんとうは誰でも持っているものだ、と思う。

憎しみと絶望が人を救う時

少し前に、私は自分がボランティアで働いている海外邦人宣教者活動援助後援会で、実に数百万円という金額のお金を受け取ったことがあった。それほどの額なのに、差出人の住所も名前もはっきりとは特定できなかった。しかもそこには「もうこのお金はいらなくなったので、そちらで人を助けることに使ってください」という意味の手紙が添えられていた。実にこれだけのお金があると、用途が援助用とはっきりしている粉ミルクを（市価の半額で買える決まりなので）数トンも買える計算になるのである。

この話を皆にすると、数人の人が同じようなことを言った。

「きっとその人、当然息子だか娘だかにやろうと思って貯めていたのよ。だけど、その息子だか娘だかが、あんまりひどくて、多分親をないがしろにしたのよね。だから或る日そのことがわかって、もうやるのはばかばかしくなったんじゃない？　それであなたの所で、アフリカの飢えてる子供に確実に届けてもらえるんなら、その方がお金が生きると思ったんじゃないの？」

あまり皆が同じことを言うので……でも多分、事情は違うであろう。ものごとは、予測の通りであったことはほとんどないのだから……しかし真実がわからない以上、ここでは仮定として、このお金は、このどこにでもありそうな普遍的な事情、親子の間のいさかいと不幸な断絶の結果で送られて来た、とすることにしよう。（中略）

普通は「愛が人を救う」のだ。しかし時には「憎しみと絶望が人を救う」ことになる。こんなことは、とうてい若い時には想像もつかない。中年以後、思想が時にプリズムのように屈折し、中から思ってもみなかった色が現れ、意図した以外の力になることを知る時、私たちはめくるめくような思いになる。こんなはずではなかったと、時には怒り、時には驚いて放心し、時には自分が思いもかけなかった悪か善かに加担させられているのを知る。こういう運命の招待もあるのだ。

生きている限り人を疑わざるをえない罪

人を疑う力がなければ、人を信じることもほんとうにはできない、と私はいつも書いて来たが、昔私の子供の頃、カトリック教会では、ラテン語でミサを唱えていた。九五パーセントは何を言っているのかわからなかったが、中に一箇所「メア・クルパ」という言葉を三回唱えるところがあった。その呪文のような言葉の意味をある日私は尋ね、それは「私の罪」ということだと教えられた。ミサの中のその祈りの場所で、私たちは「おお、我が罪よ」と各人が無言のうちに、自分の醜さを認め、自分を責めたのである。

人を疑い続けた後に、相手が悪人ではないと知った時こそ、人は心からそう唱えただろう。こんなことを言うと日本人は、「じゃ人を疑わずにいれば、罪人にもならないで済むじゃないですか」などと幼稚なことを言う。

人を疑わないで、殺されても、財産を奪われても、国を取られても文句を言わないならそれでいい。しかし世界的にそれは愚か者のすることだとなっている。自分で自分をできるだけ穏やかな方法で防衛することが人間の義務だとすれば、やはり人を疑って、後で「私の罪」として処理する他ないのである。

人間関係の苦しみは万人に与えられた宿命である

自分にもわかりにくい自分の本当の姿を、どうして他人がわかることができよう。

私が多少、人間を恐れるような気分を持ったのは、二つの意味においてしょっていたからである。私はそれを、対人恐怖症や、赤面恐怖症や、人とのつき合いがうまくいかないと感じて軽いノイローゼに悩む、あらゆる人に言うことができるように思う。第一に私は誤解されるのを恐れて他人と会うのを避けようとしたのである。今では私は、誰がどう言おうと、諦めようと思っている。幸いなことに、誤解というものは、誰の本質にも別に影響を与えない。

第二に、私は他人を正当に理解できないことを恐れたのである。私は小さい時から、他人にはどのように言うべきかに悩んでいた。私はどのような態度、どのような言葉遣いをしても、これで適当ということはないように思えた。三十代に不眠症になった時には、そのような傾向はもっとひどくなった。私は相手に無茶苦茶に誠実に正直になろうとして、口がきけなくなってしまった。

人間には限度があるのである。相手を理解していない、という自覚さえ持てれば、多分その思いは、理解しているという安心よりまさるのである。

悲しみに満ちて、人間は恐らくこのような宿命的な人間関係に苦しみ続けるほかはない。それは、誰か、特別の個人の運命にだけ与えられた不運ではない。質の差こそあれ、その苦しみに悩まぬ人間はいないのである。

世間の悪評は有難い

「世間の悪評」が、誰もほんとうに知らないままに先行しているという状況は、むしろ人間にとっては願ってもないほどいいものなのです。

そのようないわれのない非難と闘っている限り、人間は堕落しないで済みますし、勇気に溢れているものなのです。

老年を知らずに済むのは貧しいことかもしれない

その時、一人のアフリカからいらっしゃったシスターが言われたそうです。

「皆さんがたは、そういうことも考えなければならないのね。私たちの所では、老年なんて、問題にならないの。だって平均寿命が四十五歳なんですもの」

私はこの感動的な発言を、一瞬、老年の問題がないとは、何という羨ましいことだろう、と考えたのです。しかし、一、二日経ってから、そのような自分の受けとめ方は、何という浅はかなものだろう、と思いなおしました。

老年を知らずに済むということは、やはり貧しいことなのです。それは人間を完成させずに死に追い遣ることでしょう。もっとも私は、医学がただ人間の延命だけを考える時期は終わったと思っています。もし不必要な老化を防ぎ、そしてほどほどの期間だけ、老年を味わって生かしてくれるなら、それは何ともありがたいこと、と言わねばなりません。

たとえ、まだ、三十歳、四十歳の方でも、死はそれほど遠いものではありません。死はいつでもやって来ますし、すぐ老年になります。しかし死は生を味つけしてくれる塩なのです。

地獄の光景のなかで差し出されたチョコレート

戦後の沖縄で聞いた話で、今でも忘れられないものがある。一九四五年の沖縄戦の時、十二歳の少女だった人が後年語ってくれた体験である。渡嘉敷《とかしき》島の村民の一部が玉砕した日、彼女たち三姉妹は、両親が自決した後もまだ生きていた。一番下の弟は二歳で、死んだ母の乳房にすがっていた。

そこにアメリカ兵が来て、姉弟にチョコレートを差し出した。すると近くにいた年上の女たちが、「毒が入っているんだから、食べてはいけないよ」と注意した。

十二歳の少女は考えた。どうせ皆死んだのだ。お母さんが死んでおっぱいもなくなれば弟も生きていないだろう。だからこの毒入りのチョコレートを与えて死なせればいい。十二歳の少女はアメリカ兵からチョコレートを受け取り、それを弟に与えた。その時それを見守っていたアメリカ兵は激しく泣きだした。少女はその涙を長い間忘れなかった。

ここに登場するのは、恐ろしく高級な意識を持った二人である。若いアメリカ兵も戦いと人命について深い人間的思慮を持っていた。そして少女もまた十二歳ながら、「死を受け取る」という堂々たる選択を果たした。

それぞれの困難を賢くやりすごす知恵を磨く

結婚、家庭、健康、病気、老年、死などというものは、誰にとっても永遠の問題である。自分だけが困難を抱えている、と思うほうもおかしいが、私たちにとっては、政治や経済の危機より大きく感じられるものである。そしてまたその難しさを解決する方法は、現在もないし、将来もあるわけがない、とも思う。

しかしそれにもかかわらず、救いというものがなくはない。それは過ぎて行く時間を、それなりに賢く使うことである。この一刻が耐えられ、できたら楽しいものであり、さらに目的を持つものであるならば、その連続である一生は決してみじめなものではないはずだ。

第5章

折れない心をつくる

生きることは、「怖い」とか「できない」とかという気持ちとの戦い

私は一人娘だったので、私の母は、私をできるだけ早く、一人で生きられる人間にしようとしていた。

私は小学校の三、四年の頃には、もうガスでも薪でも御飯が炊けたし、お手洗いの掃除もできた。下着も自分で洗った。当時はまだ洗濯機などない時代だから、もちろん手洗いである。

小学校の六年生から中学の一年くらいの時、私は当時、私の家が持っていた熱海の山の上の家に、一人で荷物を取りに行かされたこともあった。疎開してあった物の何かが必要になったからで、母は私にそこへ一人で泊まって、翌日或る荷物を持って帰ってくるように、と命じたのだった。

私は空き家に一人で入らねばならなかった。誰かが潜んでいるような気もして怖いし、お手洗いの中にはコオロギやカマドウマの不気味な死骸も散らかってい

る。それを片づけるのもぞっとするような仕事だった。夕暮れになると、私は一人で台所の外で、薪で御飯を炊いた。おかずは何を作ったのだろう。火の始末をし雨戸を閉める。松林を渡る風が吹き、二階へは恐ろしくて行けなかった。

翌日は戸締り、火の用心をきちんと確かめてから、今の子供なら持ったことがないと思うほどの荷物をリュックサックに背負って家を出た。帰りに空襲に遭えば、私は身を守るために一人で知恵を働かせるほかはなかった。

母は少し株を持っていた。と言っても電気とかガスとか製鉄とかいう、郵便貯金とあまり変わらないような手堅い株ばかりであった。その株に関する手続きを私は中学生の時からさせられていた。増資の払込、名義書換え、配当金の用紙を銀行に持っていくこと、すべて私の仕事だった。だから後年私は「株なんて、中学の時からやってましたから」と言って、皆を驚かしたが、そんなふうにしてせっかく早くから教育を受けた株の売買で儲ける才能と情熱は、あまり私の身にはつかなかった。

怖い、とか、できない、とか言ってはいけないのだ、と私は自分に言い聞かせた。生きるということは、それらのことと戦うことである。

この世には解決のしようもなく、死ぬまでつき合わなくてはならない事がある

私の周囲を見まわすと、誰もが、どうしたらいいかわからない問題をかかえている。それはもっと本質的な、人間の存在それ自体とあたかも癒着したような状態でくっついている。

この世にはどう解決のしようもなく、ただ、死ぬまで、その事とおつき合いしていかねばならないという事がある。病気も、人間関係も、性格の歪みも、能力のなさも、すべてその中に入る。しようがないやな、と私は呟く。

諦めることで自由と勇気と寛容を得る

一般的な言い方をすれば、私は親たちの暮しを見て、人間の生涯というものは

どう考えてもろくなものではなさそうだ、と考えたのであった。そしてその時以来、私は何事にも一歩引き下って不信の念をもって見られる癖がついたのである。するとと人間のどの生活にも哀しい面があることがわかった。それだからこそあちらもこちらも許し、許さねばならないのだと思うようになった。私は今でもしばしば自分が狭量であることにぶつかるが、これでも私の持って生まれた性格から見れば、ずっと寛大になったのである。

世の中をろくでもない所だと思えばこそ、私は初めから何ごとも諦められるという技術を身につけた。それは少なくとも、私にかなりの自由と勇気を与えてくれた。人間の苦悩の多くは、人間としての可能性の範囲をこえた執着を持つ所から始まるのかも知れないとも思った。

いつ取り上げられてしまうかも知れないこの世の幻

戦後の物資不足は、いわゆる「闇屋」の活動の場を作った。私の従兄の一人は大学の実験室からグリセリンをちょっと失敬し、自分の継母の鏡台から貴重品の香水を少し盗んで怪しげな化粧クリームを作って売った。彼は好きな女ができて同棲すると金に困ったので、電線から不法に電気を引き、それで風呂を沸かして暮らしていた。私はそれを後年、「東電から盗電していた」と言っているが、どうして彼が感電して死ななかったのか不思議であった。当時を知らない人たちのために敢えて附言すれば、こうした違法行為のすべては、社会に秩序が戻ると共に消えたのである。私の知人たちはすべてノーマルな人たちだったから、まともな職に就くようになれば決して闇の生き方はしなかった。つまり人間は生きるためには何でもやるが、生活ができるようになれば、彼らはきちんと社会のルールに従う人間になったのである。

戦争がいいものだった、とする理由はどこを探してもない。しかし戦争によって学んだことはある。それは世相は常ならずということだった。平和ももろい。生命の継続も偶然の幸運の結果である。家族のつながりも一時の夢かも知れない。個人の健康など、常に風前の灯である。

だから、私は今まで、常に最悪の事態を想定して生きて来た。子供の時は最愛の母を失うことを、結婚して家庭を持ってからはたった一人で生き残ってしまうことを、何か契約すれば相手が詐欺師であることを、そして何かを買えばそれが偽物であることを、いつも考え続けて来たのである。

その続きとして当然、自分の死を考えることも含まれていた。それは私にとっては大変日常的な行為で、少しも異常なことではなく、しかも他の、もしかすると起こらないで済むような予測とは違うのだから、私にとっては効果的な行為のように思えたのである。だからもう初老と言ってもいいような年齢になっても、「自分の死のことなど考えたこともない」とか、「そろそろ死について考えねばならないと思っている」などという人に会うと、私は正直なところ、この人は、死はいつでも年齢に関係なく、人に取りつくということを考えないのだろうか、と奇妙な気がしたものであった。

もちろんまだ間近でもない死を思うというのは損なことだ、という人もいる。ろくでもない将来を思うことは損なことだ、という考えも確かにあるだろう。しかし自分の身に起きなかったことを、あたかも起きたかの如くふるまえるのが俳優であり、あたかも起きたかの如く感じる訓練を積むのが小説家というものなのである。

同じ「信じない態度を貫く」にしても、未来を信じないのと現在を信じない、のとがある。同じ「現在を信じない」という姿勢にしても、現在のいい状態を信じないのと、現在の悪い状態を信じないのと、二種類の心理的傾向がある。

私は、現在の悪い状況は心に深く刻みつけるというやり方で信じ、現在のいい状況は、いつ取り上げられてしまうかも知れないこの世の幻として、あまり信じない癖をつけた。それは単なる幸運と思うことにして、深く信じたり、それを当然のことと思ったり、いつ迄も続く、と期待したりしないことにしたのである。

人の生涯は、一人一人に送られた特別の内容を持っている

私ぐらいの年齢（と言うなら、読者に年齢を明かさねばならないが）、つまり

百歳近い年になると、学問の才能や、その他の肩書、過去の業績が物を言う場合があることは知っていても、どこかで「しかしだけどなあ」と言う内心の声も聞こえるのである。

何でも人の言うことにイチャモンをつける年になっているせいでもあるのだが、現実的にはあまりにも長く世の中を見過ぎていると、「しかしなあ」とか「何か事情はあったんだろうなあ」とも思えるのである。

年齢を重ねると、迷いが少なくなる、という人もいる。私流にこの言葉に答えを当てはめると、第一の理由は残りの人生が短くなったからである。

つまり、どっちに転んでも大したことはないのだ、と思い始めたのである。

心のどこかで、まちがった判断をしていても、それはそれでご愛嬌か、などと考えているのかもしれない。本当は決してそんなことはない。鈍才より秀才の方がいいに決まっているし、どうせ死ぬんだから、晩年の日々は健康な方が周囲も助かる。

その人にとって大切なのは、この一刻なのだ。まず飢えておらず、病気でもなく、家族に苦しんでいる人もいない、という最低の条件は誰もがほしいだろう。

人間は、誰もが或る環境の中で生きている。いい意味でも悪い意味でも、人それぞれに唯一無二の環境だ。だから自分ですべて引き受けるほかはない。病人が大金持ちでも、大金を払って誰かにその病気の苦労を担ってもらうということは不可能なのだ。

私は、自由な国日本に生まれて生活している。

それだけでも幸運な人生である。

世の中不公平だ、としきりに文句を言う人がいて、私も一部はその説に賛成だが、人間の生涯というものは、一人一人に送られた特別の内容を持つものだと思うほかはない。

悪評の中で小説家という職業を選んだ

私の十代は、父に小説を書こうとするような人間は、社会の脱落者だと思われていた。小説を書くような男には、娘を嫁にやりたくない。作家など貧乏に決まっているから家も貸したくない。おまけにもしかすると肺病病みじゃないか、などというあらゆる差別がつきまとっていた時代のことを、今は誰も知らないし、信じないのである。

私の出た大学もアメリカ人の学長が小説家などという「いやしい職業」（そうはっきり言葉に出して言ったわけではないが）に就《つ》くことを認めなかった。学生だけが応募できるという小説の募集があって、それに応募するには在籍証明書が要る。私が大学にもらいに行くと、係のシスターは「何のために使うのですか、税金のためですか」と聞き、私が新人小説の賞に応募したいのだと言うと「そういうことのためには証明書を発行できません」と断った。

しかし貶《おとし》められた立場というものは、案外安定がいいものなのだ。そういう悪評の中で、その職業を選ぼうとする人は、覚悟ができている。私は世間通りのいい職業だから、小説家を選んだのではなかった。どんなにばかにされようと、私は小説を書くことがひたすら好きだったから、その道を選んだのである。

小説家は牛糞の混ざった土塊のような滋味と、生涯付き合わねばならない

私はずっと詩人や歌人を羨んで生きて来た。

遠い昔、まだ大学生で、小説を書き始めた頃、私は評論家の臼井吉見《うすいよしみ》氏に会った。氏は、私のような大学生が、小説をずっと書き続けて行けるものとは信じられなかったらしく、「あなたは金と病気と男のどの苦労をしたことがありますか」などと、後で思い返すと、温かくからかうようなことを言われ、健康でまだ質屋通いもしたことのなかった私は、ひどく煩悶《はんもん》したものであった。当時の（男の）作家は、「金と病気と女」に関する三つの苦労を体験しなければ、大成しないと言われていたらしい。

しかしその時、私は臼井氏から教えられた一つのことだけは終生守った。それは「小説を書きたいなら、詩も和歌も俳句もやるな」ということだった。それらは、一言一言に深い意味が凝縮され、いわば言葉の結晶のような点にまで高めら

れる。しかし小説というものは、本来泥臭いものであって、その牛糞の混ざった土塊《つちくれ》のような滋味と、生涯付き合わねばならない。文学に対する姿勢のようなものが根本的に違うのだろう、と私は推測した。そして私はその教えを守って、その年死ぬとしても六十年以上、ひたすら文章を書き続けた。

体中に凝りを作ってすべてに防御的に生きて来たに違いない

私は最近、体の凝りを取る指圧を受けるようになった。初めは隠れていた凝りが次々に手に触るようになり、僅かずつだが消えて行く。全治に十か月近くかかった大きな足の骨折の間に無理してできた凝りもあるでしょう、と説明されたが、私はもっと他の解釈をしている。

つまり私はほんとうは気が小さいから周囲には怖いものだらけ、そして私自身は失いたくないものだらけだったので、体中に凝りを作って、全方位に対して防御的に生きて来たに違いない。何という人間の小ささだ。もっとおおらかに筋肉を弛緩させて生きて行きたい。それにはたった一つのことを守る以外、後は譲ることが肝要なのである。

体のちょっとした調子で外界を受け止める力や質に差が生まれる

私も自分の弱い性格をよく知っていた。体の具合が少し悪いだけで不当に自信を失い、希望はぐらつき、ひがみ、人の言辞を悪意と感じる。さしたる理由はなくても、言葉遣いにトゲを含むようになる時もある。そういう時は他人に被害を及ぼさないように、蒲団をかぶって寝ていた方がいいのである。

私はまた、ものの見方が一夜で明るくも暗くもなることを体験した。一時私は病的に血圧が低くなることがあったから、そのせいもあるのだろう。落ち込んだり、絶望的になることがあったら、私は数日待ってみよう、と思うことができるようになった。人間の思いには、はっきりした外的理由がある場合もあるし、外的理由は昨日と全く変わらないのに、受け取り方が急に変わることもある。人間のかすかな生理の違いが、外界を受け止める力や質に差を生じるのであろう。

弱みを隠すことが治療の一片になる

むしろ二月中の私の個人的な苦労は、足が痛むということであった。とにかく寒い季節が苦手なのである。もっともそれも朱門の主治医であった小林徳行先生が脊髄に打ってくださるブロック注射のおかげで、なんとか痛みをごまかして、普通の生活ができる。この麻酔の治療は、誰に聞いても穏当なもので、そうこうしているうちに、痛みが取れる場合もあるし、私の命脈が尽きることもあるだろう。

手術をして治ったという方にもお会いしたが、うまく行かなかった場合、私の行動が今より制限されると思うとその決断はしたくない。どちらに転んでも、それはそれなりに一種の解決法である。

私はできるだけ背骨を伸ばして足早に歩くようにしているが、これは見栄を張っていると言われる姿の一種である。まともに弱みを見せられると、世間は困るものなのだ。弱みを隠すのも時には礼儀の一種に変質して、治療の一途になる。

ハンディキャップが作った生の形

朱門は昔から片耳が聞こえなかった。幼時に中耳炎を患い、片耳の鼓膜が欠損したまま治ったため、そちらは聴力を失ったままであった。

私の生まれつきの強度の近視のように、このハンディキャップが、彼に忍耐強い、しかしいささかうちに引きこもりがちの性格を作ったのかもしれない。

テレビはめったに見なかった。音声が聞こえにくい番組もあったからだろう。画面表示や、耳元近くで音を大きくする装置もあることは知っていたが、そのようなものを是非欲しいとは言わなかった。とにかく本がありさえすれば、まだ裸眼で読める自分の恵まれた眼で、好きな時に好きなテンポで読める、ということに、彼は満足していたのである。

自分の苦悩を共有してくれることを期待しないのが大人

もう一つの特徴は、最近の日本人がよく泣くようになったことだ。男性選手でさえ人前で平気で泣く。世間も、泣くのを期待しているかのように見えることがある。

オリンピック中にあった東京マラソンの時、或る局の番組は、一人のランナーを取り上げた。仲のよかった奥さんが、つい先年、まだ若くして亡くなった。ほんとうに悲痛な運命である。残された夫は涙の日々を送ったあげく、妻の思い出と共に東京マラソンを走ることにした。

数万人のスタートラインの人の中に、この夫はいた。胸に小さくとも葉書大くらいはありそうに見える妻の写真を掲げ持っている。あれで走れるのだろうか、と私は思った。

こうした場合、一昔前の夫も、家を出る前に仏壇の妻の位牌に向かって今日の出場を報告しただろうが、こんなに露《あらわ》に遺影を持って人前に出たりはしなかった。人間は誰しも、自分の苦痛が一番辛く、自分の哀しみが何より深いと感じる。しかし大人なら、決して自分の苦悩や悲しみを、他人も同じ程度に共有してくれるとは思わない。それが成熟した大人というものだ。

この夫らしい人がゴールに入る姿も、私はテレビで偶然見たのだが、そのときは遺影を捧げ持っていなくて私はほっとした。あの写真は、スタートの後どうなったのだろう。

私がこの夫の立場だったら、やはり同じことをしただろうと思う。しかし人に見えるような大きな遺影ではなく、小さな切手大の写真を、密かに胸のポケットに入れて走るだろうと思う。そうだ! たぶん、あのわざとらしい遺影の掲げ方は、テレビ局の命令だったのだろう。「奥さんの顔がよく見えるように持ってスタートを切ってください」というような安っぽい演出をこの人に強いたのだ。そしてその夫は、素直な優しい性格だから、言われるままにしたに違いない。

気まぐれと不誠実は相手を気楽にさせてくれる

不純だといけない、という人のことを、世間は融通の利かない人と言うが、この手の性格は、根は正直でいい人だと思われている。しかし「いい人」は「悪い人」と同じくらい始末に困る。

自分が善人であることに自信を持っている人なんて、おもしろくないし、この手の人は、「あなたが間違っている」などと相手から言われようものなら、取り返しがつかないくらい怒る。しかし自分はしばしばインチキ人間だと思っている人は、「そうだよ。世間なんて、皆、多かれ少なかれでたらめなんだなあ」と、思えるから他人に対して寛大になれる。

猫を見ていると、彼らには道徳のかけらもないところがいい。犬はしばしば忠犬ハチ公的、意志力、誠実性などが期待されるが、猫にそのような期待をかける人はいない。私にしたところで、雪が毎晩、私の枕の上に半分身を投げ出して、共に寝に来るのを待っているところがあるが、「やって来ない日」があると、少しほっとする。それは猫の気まぐれという特性なのだが、誠実ではない気まぐれな生きものは相手を深く失望させるということもない。

忠犬ハチ公的な犬が、或る日決まった場所で決まった時間に私を待っていなかったら、私は心配で仕事も手につかず、探し廻るだろう。しかし気まぐれな雪のような猫だったら、今晩は私の枕許《まくらもと》に来ず、階下で、もっと適温の寝場所を見つけて明朝まで眠ることにしたのだろうと思うだけで済む。

人間関係でも同じようなことが起こるかもしれない。適当にだらしない性格の相手なら、彼が約束の時間に遅れてやって来て「ごめん、ごめん。今駅で小学校の同級生に会っちゃったんだ。それでつい十分ほど立ち話をした」と見え透いた作り話をし、こちらも「それはよかったわね」と言う気分になるかもしれない。しかし正確・誠実をお互いに売りものにしている人間関係では、そのような物語は適用しないのである。

母を失った友人を癒す美しい配慮

先日百歳に近い母上を失った私の友人が、実にいい話をしてくれた。母上のお葬式のことは世間に隠しておいたのだが、数日経って同級生の一人が、伝え聞いて訪ねて来てくれた。

その時彼女が、実に二十数種類のおいしいものをほんの少しずつ買って持ってきてくれたのだという。つまり母を失い、お葬式で疲れ果てた友人が、どこへ行かなくても、数日間は「食いつなぐ」ことができるように、細かく配慮したものだった。

それは比較的すぐ食べた方がいい鮮度が大切なものから、数日後でも充分保つものまで配慮された取り合わせだった。チーズにしてもできるだけ小さな包で、飽きがこないように考慮されていた。また栄養の上でも、肉にも甘いものにも片寄らないように、細かい心遣いがなされていた。

「ほんとうにあの人は偉い人よ」

と彼女は私に話してくれた。

私の友人が看病の疲れを取り去り、元気になれば、それが何より亡き母上への供養になる、と誰もが知っている。この友人は、それを実行したのである。同級生のすばらしい魅力を語ることは、特別な嬉しさを持っているものだ。自分までいい人間になったような気がするからである。

自分を厳しく律する人とそうでない人は、年を取ってから大きな差になる

年を信じられないくらい若い老女がいた。派手な和服を着ても少しも不似合いでないし、私などは不老の霊薬をひそかに飲んでいるのではないかと信じたくなるくらいだった。

彼女が米粒というものをほとんど口にしないのだということは、彼女自身の口から聞いた。なるほどご飯を食べなければ太らず、こういうほっそりした姿を保

っていられるのかな、と私は考えたが、私は米粒というものがまた、大好きだから、その美容のヒケツさえも守れそうになかった。

ところが、彼女とたまたま温泉に行ったことのある私の友人が、私に教えてくれたのである。それは、その美しい老女が、お化粧に、毎日、一時間近くかけているということだった。

「なるほど」

と私は納得した。やはり一つの結果を得るためには、それだけの努力がいるのである。

娘時代から、長い間、鏡台というものを持たなかった私は（つまり中年になって、視力の変化があるまで腰かけて化粧したことのなかった私などには）とうてい、まねのできないことであった。

年をとって素顔の美しい人もある。それが最高のものであろう。

しかし年とって化粧するのはグロテスクだ、などとは言うまい。化粧の下手なのは年齢を問わずにいやらしいが、どちらかというと、年をとって手を加えない醜さのほうが多い。

年寄りになったら、身なりなどどうでもいいようなものであるが、服装をくずし始めると、心の中まで、だらだらしても許されるような気になるものである。比較的若いうちから、女は靴下をきちんとはき、下着も略式にせず、外出の時にはアクセサリーその他を揃えることを当然とする癖をつけておくことである。和服を着ている人なら、襟もきちっとそろえ、裾も乱れぬようにし、帯を低めに締めて、真白い足袋をはき、背を伸ばしていたい。だらしない服装をすれば、楽かというと必ずしもそうではないのである。くずすほうは、ほっておいても自然にくずれる。体力がなくなり健康が悪くなれば、誰に言われなくてもくずれてしまう。それ以前は、できるだけ自分を厳しく律する方向へ向けておくことは悪くないであろう。

身の上相談のいい加減な回答は逆に人を奮起させる

事実身の上相談というのは誰にしても、ろくな返事は返って来ない。若い時に私は新聞の身の上相談の回答を受け持つことになり、「私のような者が、お答えできるわけはないのですが」と言った。するとその欄の係りの記者の中で一人、「いや返答になっていなくてもいいんですよ。『こんないい加減な返事でごまかされるくらいなら自分で考える』と奮起する人がいたら、それはそれで、立派に回答の役目を果たしているんですよ」と言った人がいる。やはり新聞記者の中には、賢い人がいるものだ。

「何がよかったかわからない」という言葉の重み

或る母は、当時私と同い年だった中学二年生の息子を原爆で失った。

息子は、その日も寝坊した。母親は、月に何回もそういうことを繰り返す息子を「たたき起こし」、ご飯もろくろく食べないで出かけるという息子を「文句を言いながら」送り出した。母親にすれば、少し自業自得の味を覚えさせた方がいいというくらいの気持ちだったのだろう。親子は広島市の郊外に住んでいたのである。

もしあの時、むりやりにでもご飯を食べさせてから送り出していれば、原爆にも遭わなかったろう、という後悔を抱いたのは、決してこの母子のケースだけではないだろうと思う。「もう一電車、乗り遅れていれば」とか、「あの日、風邪気味だと言ったのだから、むりやりに休ませていれば」という言葉は、遺族の記録の中にしばしば見える。

こう生きるべきだ、とか、こうした方がいい、という選択は、人間のどの社会、どの職業にもあるように見える。それを理解する眼を養うことが、教育なのだと感じている。

しかしこの年になると、「何がよかったかわからない」という言葉は、ますます自然の重みを持って考えられる。人間は一瞬一瞬、小さな選択をして生きる他はないのだ。

我が身を振り返って、不誠実な生き方をしていると感じるとき

盲人は自分では気がついていないのだが、その生きる姿勢が一つの尊厳になっている。

不自由でも、最大限に上手に礼儀を失しないように食べようとする食事の時の緊張。音楽に対する研ぎ澄まされた感覚。記憶のよさ。荷物を常に整理しておく礼儀正しさ。

それらのことが一つ一つ眼の見える者を無言のうちに教えるのである。見える者が同じことをしても、誰も驚きはしない。しかしそこに盲人だけに与えられた使命ができている。

盲目で耳も聞こえにくい、という人もかなり多い。私は初め、眼の悪い人は、

たいてい聴力が普通の人よりいいものだと思っていた。しかし眼と耳という二つの器官はごく近くにあるから、両方が冒される不幸も珍しくはないようであった。眼も既にだめ。耳もほとんど聞こえない、という人で、しかし自殺など考えたこともない、という明るい人にもよく会う。さらに臭覚と指や唇の感覚まで失っているハンセン病の患者さんの書かれたものを見たこともある。

臭覚がなければ味もよくわからないことであろう。指の感覚がなければ点字も読めない、ということだ。そういう人たちを前にする時、私はほとんど顔を上げることもできない。

なぜなら、これは一切の因果関係とは別だからだ。私がいいことをしたから健康なのでもない。その方が悪いことをしたから病気になったのでもない。それどころか、比較してよほど不誠実な生き方をしていると感じるのは、多くの場合私の方なのである。

年寄りだからといって砂糖を入れてあげるのが失礼な理由

自分でお砂糖を入れられる能力のある高齢者のお茶のコップに、砂糖を入れてあげるようなことはむしろしてはいけないと思う。砂糖壺をそっと取りいい場所に移動させておいてあげるのは当然だが、入れるのは当人にさせるべきであろう。それで初めて、砂糖をこぼさないという指先の訓練も継続でき、誰かそこにまだ砂糖を入れていない人がいたら「お先に」と声をかける礼儀や、「あなたもどうぞ」と他人に心を配ることも忘れないでいられるのである。人間は自分のことだけでなく、人のことも心配できる時、初めて一人前でいられる。その機会を取り上げるというのは、相手を一人前に見ていない証拠で、失礼な限りだと私は思う。

しかし日本の年寄りの心理の中には、「砂糖くらい入れてくれてもいいのに」と、すぐ手助けを期待する依頼心も強いのである。

高齢である、ということは、若年である、というのと同じ一つの状態を示すに過ぎない。それは悪でもなく、善でもない。資格でもなく、功績でもない。

絶対の喪失は、地球が存続している間は人間の死だけである

絶対の喪失は決してなくなってはいない。絶対の喪失は、地球が存続している間は人間の死だけである。他者と自らの……。

だからそれに耐えるためには心の準備をしなければ、と私は若い時から思い続けて来た。自分の死を思わない日は一日もなかったけれど、中年以後は、家族を失って自分一人になる時のことも、しつこいほど考え、恐れ続けた。

旅に出ていると、私は自分の帰る家と家族がいることを、夢のように幸せに感じた。離れているのだから、別に家に家族がいようといなかろうと同じじゃないか、私が一人になったら、私は恐らくそう言って自分を納得させるだろう。昔だって自分は一人で旅行に出ていて、決して三百六十五日、家族といっしょということはなかったのだから、と。しかし帰る家に家族がいるということは、家が温

かいことなのであった。

遠い旅先で、私はしばしば全く荒唐無稽な空想に脅えることを思いだす。私は何かの理由で、ヨーロッパの或る国から、日本の家に帰る方途を失っているという仮定である。私はこの先何年かかろうとも、日本まで歩いて帰らねばならないのである。

私は数年前にひどい足の骨折をしてからは、やはり以前ほどの運動機能はなくなっていたから、日本まで歩いて帰り着くということは、私の命のある間に可能なことかどうかもわからなかった。しかし何年かかろうとも、何万キロあろうとも、私は歩き始め、歩き続けるだろう、と感じていた。

それはただひたすら運命の修復を求めるからであった。

第6章

新しい自分を発見する

老年はほとんどの人が冒険していい

私はよく書いているんですけれど老年がやたらに用心深くなりすぎていると思うんです。病気の方は別ですよ。寝てなきゃいけないとか、遠くまで歩けないというのは別だけれども、むしろ、若者が用心深くなって、老人は冒険をすればいいんだというふうに私は思うんです。猛獣がそこにいるサファリパークの中で車を降りろということじゃないんですけれど。

たとえば、四十、五十の人だったら、まだ子供が大学を出ていないとか、大学は出たけれどなんとか結婚させるまでは生きていてやらなきゃならないとか、いろいろある人が多いでしょう。けれど、老年になったら、極端な話、いつ死んでもいいんですよ。死んでもいいなら、冒険すればいい。だから老年は冒険のためのものである、若者の時に冒険をする人は選ばれた人ですけれど、老年はほとんどの人が冒険していいんです。

一人暮らしになってからどんな羽目を外してもよくなった

朱門が死んで、一人暮らしになってから、私は何でもできることを発見した。自分の収入の範囲でなら、好きなものを食べ、行きたいところへ旅をし、欲しいものを買っても誰も文句は言わない。生前だって、朱門は私のお金の使い方に文句をつけたことはなかった。

女房が、彼から見て、愚かな金の使い方をしたとしても、それはひいては「己の愚かさ」の結果なのだ、と思っていたのかもしれないが、今や私はどんな羽目を外してもよくなったのだ。

これからの新しい計画を立てる

六月末が近づくと、私はいろいろと七月からできる仕事の計画を立てるのに忙しくなった。

ものを捨て、畑仕事にできるだけ復帰する。

連載を始める。

もっと料理をする。

私のしたい仕事の中には、職人さんの真似事も多かった。

もともとペンキ塗りや壊れ物直しが好きである。アクセサリーの修理や包丁研ぎを始めると、上手とは言えないが時間を忘れる。私の家は四十年も経つ古家なので、いつもどこか磨いたり繕ったりしていないとみじめな姿になる。その仕事も好きだ。縁《ふち》の欠けた茶碗に金継《きんつ》ぎをする初歩的技術も習いたいし、剝げた漆をほんの一部塗り直す方法も覚えよう。

出欠欄には自動的に欠席の方に丸を付けて出す

私はもう年をとっているし、世間でいう社交のような付き合いをする必要がなくなっているのだが、若い時からかなり人付き合いが悪い人間だった。ほうれん草が嫌いという人がいるように、大した理由もなく、社交というものが好きではなかったのである。

作家としての私の暮らしの中では、時々、文学の世界の集まりというものがあって、その手の会合には出た方がいいのだろうけど、出なくてもいいものでもある。初め私は世の常識に従って出席しようとしていたのだが、自分の根性の悪さをつくづく感じたのは、会合の前日になると必ずといっていいほど、喉が痛くて熱を出すようになったのである。

この病気は多分、耳鼻咽喉科の領域ではなくて精神科に属した一種の仮病だった気がする。

それで私は、辛いことは止めることにした。我が家の家族も皆イージィ・ゴーイングで、嫌なら止めたらよかろう、辛ければ働かなくてよかろうという人達ばかりだったから、私は次第に迷うことなく、会合の出欠を問うハガキの出欠欄には自動的に欠席の方に丸を付けて出すようになった。

体はいつも手を入れ、動かしていないと錆びつく

私たちは誰でも初めは新車を買ってもらったのだ。若い時の私たちの体は、おろしたての新車、まだ数千キロしか走っていない新車に似ている。しかしその後、どのように使うかによって、五年後十万キロ走ってもいい状態の車でいられるかどうかが決まって来る。

故障はすぐなおさなければならない。潮風、火山灰、などにさらしておけば、どこかが早くぼろぼろになるだろう。反対に、一年も車庫にしまったまま使わない車があれば、それも錆びつきの原因になる。

体も同じだろう。適当に食べ、手入れをし、動かなければ、新車があっという間に古びて早々とスクラップになるのと同じ結果になる。

文学が描く世界は無限に多種多様で どれが一番価値があるということもない

小説の世界には、一番もビリもない。文学が描こうとする社会には、ただ一人の世界があるだけだ。その世界は無限に多種多様だというだけで、どれが一番価値があるということもない。仮に私には理解できなくても、あらゆる作品は必ずどこかで誰かの心を動かしている。

しかしオリンピックの多くの種目では、そうではない。「やはり出るからには、金メダルを取らなければ」という言葉は選手たちからもよく聞く。予選で落ちれば、日本に帰る時も肩身が狭いらしい。それが私の驚きであり違和感なのだ。

誰かが認めた一番でないとほとんどは意味がないという価値観は、人文科学の世界ではめったに見られない現象である。それは数の世界で、質の世界ではないからだ。私の生きて来たのは、質の、しかも上質悪質などという分け方さえできない、ただかぎりなく質の違いだけが問題でありかつ必要なのだという世界だったから、オリンピックの美学にはついていけなかったのである。

味のある空約束

「安心して暮らせる」という空虚な言葉を私が嫌ったのは、それが全く実質的ではなく、いささかでも自分で思考する気力のある人の言葉とは思えないからなのだが、私は今までけっこうホラ吹きと思われている人の言葉は好きだった。イタリアでは、のんべの集まるバール（酒場）でも、宝籤《たからくじ》を売り出している。それを買った男たちは、皆いっぱい飲んだ勢いで、これが当たったらどうしようかという話をする。

「オレは当たったら、必ず百万はうちの教会のマリアさまの像をきれいにするのに献金する」

と誓うのもいれば、

「オレは、悪い男に捨てられたかわいそうな従妹に半分やる」

とか体裁のいいことを言うのもいるのだそうだ。しかし私の知人が笑って言うには、いざとなると、多分いささかの当たり籤の金は（大当たりをする人というのは、ほとんど皆無だから）借金の返済やら飲み仲間との酒代にたちまち消えて、マリアさまの像の修復代どころか、常に男癖の悪い従妹に半分やる金などまず残らないだろう、という。

つまりこうした善意は、ほとんど根拠のないことなのかもしれない。しかしそれでもなお、その空約束が個性的であれば私は好きになってしまう。

ボランティアをしなければ人間の資格に欠ける訳ではない

学校へ行っている子供たちは、その時間に奉仕活動でもゆとり教育でも必ずできるわけだが、社会人となるとそれぞれの事情で忙しい。子供が幼い時には手もお金もかかる。お隣の奥さんがボランティア活動をしているからといって、自分もしなくてはならない、などと焦らなくてもいいのである。

ボランティアというものは、時間にも心にもお金にも少し余裕ができてからすればいいことだ。片道百数十円の電車賃さえ出すことが痛いような時代には（どの家庭にも子育ての真最中などにそういう時期がある）、ボランティア活動などすべきではない。グループとしても、人手はあるけれど、お金や物はほとんど寄付する人がいない、というのだったら、それはボランティア活動はできない状態なのである。

今の時代にはボランティアくらいしなければかっこが悪いと思い、とにかくグループを作って必死にお金の出所を探す、というのでは、息が詰まってしまう。お金と物を、少し出してくれる人がいなければ、現実問題としてやっていくのは大変だ。

はっきりしているのは、ボランティアをしなければ人間の資格に欠ける訳では全くないのだから、そういう時には、「のびのびと、ボランティアなどする余裕のない暮らしを受け入れて」何もしないことだと思う。時と共に状況は必ず変わってくるのだから。

相手の肌と私の指は、私の理解できない言葉で喋り合っている

私はマッサージというか、指圧の才能にかけては、天性の素質を持っていた。今でも、人の体をもむことなら、玄人並みだという自負を持っている。何かの理由で書く仕事ができなくなったら、私はすぐ指圧師の免許を取る。そして少なくとも東京では「うまいので評判」の指圧師になる。……とこういうあたりまでは、私は自分の未来の物語を作っていたのである。

人間は誰でも生きる目的を持たねばならない。その目標となる道を探るには、二つの手がかりから模索すべきなのだ。

一つはそのことに関心がある、ということ。関心がなければ、仕事は長く続かない。人間、好きでない道を長く歩くことはできないのだ。だから好きな道のない人は、それだけで、人生で成功する率が減ってしまう。

二つ目は、そのことが少しは社会に役立っているということだ。別に役立たな

いことには、一切の存在価値がない、というわけではない。しかし一人の人間の好きなことは、必ず数人の他人も好きなことが多い。

今でも冗談に、もしあの時失明してマッサージ師になっていたら、私は小説を書くよりもっと人のためになる仕事ができたかもしれない、などと言っている。しかしこれも甘い判断だ。世間で評判になるほどのマッサージ師には、そうそうなれるものではない。

ただ少しいいわけをすると、私の掌というか指は、相手の「悪いツボ」の場所に自然に行くのだ。何というツボは「第何番目の胸骨の何センチ左」などという理屈ではない。相手の肌と私の指は、ちゃんと秘密に通じ合っていて、私の理解できない言葉で喋り合っている。私は喋れないけれど、彼らの言葉を感じることだけはできるのである。

私たちは呆気なく時の推移に呑み込まれるのみである

サハラで南下を始めた時、私たちはどこの国のどの町を目ざすか決定していなかった。いやできなかったのである。只、南部アフリカには出入国に煩いと言われている国がいくつかあり、私たちはそれらの国だけは避けたかった。しかしサハラの真中には塀も柵もない。もともと地図も道しるべもなく、ＪＡＦのように手助けをしてくれる組織もない。

砂漠を抜けた気配は、まず道端に雑草が生えてくるのでわかった。私はその気配を実は深く気にしていて、自然はどのような形で砂漠の衰退を告げるのかと思っていたが、現実はまことに呆気ないものだった。人生も同じようなものだ。劇的な変化はなく、私たちは時の推移に呑み込まれるのである。

私の最も暑い夏の時間

私は暫くの間、現実を承認することにうまくいかず、当惑して熱気の中に立っていたが、やがてもはやどんな思考も頭の中を巡らないような気がして、光と熱の中から立ち去ることにした。これだけの暑さになると、人間は立っていること、呼吸をすること、日陰を探すことだけで手いっぱいなのだ。現実を時間的に改変することは本能的にできるはずだが、それ以上長い時間的単位で十分先、一時間先を見通すなどという行動をすることは考えなくなる。

私たちの暮らしでは、長期的見通しを持つことが可能と思っているが、実は原則、周囲の空気に動物の一種として、撃たれているだけのことではないか。それなら、舌をだらりと出して喘《あえ》いでいる犬や狐と同じだ。

私はホテルの建物の中に戻った。中は暗かったがその冷気だけが、私の呼吸を楽にした。私の頭の中に判断を可能にする水の流れのようなものが戻って来ていた。そのおかげで視力もよくなったような気がした。

あれが私の最も暑い夏の時間だった。

毎夏、何日か私にはあの時の暑さと比べている時がある。あたかもそれが有無を言わさぬ人生の「標準熱暑」であったかのように。

今年もその暑い夏は終わった。

幽明界のぼやける境地が死のためにはいい

死を受容するには、年老いることや病み惚《ほう》けることが必要なのだ。生きることがかったるくなり、生きていても半分眠っているような状態になる。その過程が大切だ。

「幽明界《ゆうめいさかい》を異《こと》にする」というが、幽明界のぼやける境地が死のためにはいいのである。

二十一世紀は、人間が己を過信して、神の創造と同じ地点にまで這い上がろうとして、激しく罰される場面があるような気がする。そうなる前に死んでいる私の世代は幸福なのだが、私の子供や孫の時代に地獄を見せたくはないと思う。人間は強欲になるとろくなことがない。生命においても同じである。

人間は愚かだが、決して見捨てていいものでもなかった

私は、世間のどんな出来事にも、涙を流すほどの感動はしない鈍感な性格だが、ベルリンの壁が破壊された時には、仕事場の隅で涙を流した。単純に人間の愚かさを歎いたのでもない。お互いに生きながら別離を味わうようになった人間の運命に同情したのでもない。

私はまず単純に、生きてこれだけのドラマを見られてよかった、と思ったのである。そこには人間の愚かさも、決して希望を捨ててはいけないといういましめも、双方がこめられていた。人間は愚かなものだったが、決して見捨てていいものでもなかった。そんなこともその年になるまで、私は現世で明確に意識してい

なかったのだ。そして私は、書物以外の現実から人生の賢さを学ぶということを、それまではほとんど信じていなかったのだ。何という思い上がりだったのだろう。つまり私は中年になるまで、現実から学ぶという力を、ほんとうには身につけてはいなかったのだと思う。実に人間は、（人によっては）学校を出てからも、中年になるまで、いや死ぬまで学び続けるものなのだ。少なくとも私の場合はそうでありそうだ。だから私は、中年からやっと作家になったともいえる。世間はそう思っていないかもしれないが、それは私が世間を少し騙していたからだ。そんな人は、私以外にもけっこういるはずだ。

愛を入れるとすぐに冷めてしまう大皿のような空間

富は確かに貧しさよりはいいかもしれない。と言うと「いいに決まっているじゃないか、いいとはっきり言ったらどうだ」と責められそうだが、私はどうしてもそう断定することができない。なぜかと言うと、私はもうこれで六十五年間も人生を見て来たわけだが、物質的に満たされた人生に限って、何か思いがけない不幸について回られているような気がすることが多い。自分や近い家族が心身の病気になっているとか、配偶者の裏切りに遇っているとか、家族が全く信頼がないままに表向きだけ仲良く暮らしているとか、子供の影が薄いとか、自由がないとか、行動が限定されている、とか、何か決定的な苦労を負っているケースが多いような気がするのである。

そのいい例が英国の王室であった。息子の嫁がどのような女性であろうと、庶民なら大したことはない。しかし王室となると、嫁がどんな水着を着たかということでさえ大問題になるし、不貞の事実があったりしたら、もうしめしがつかなくなるのである。

庶民の暮らしでは家の面積の狭さが多くの場合家庭の問題を引き起こす。たとえばピアノ殺人事件などというのは、隣家のピアノの音が筒抜けなので、そのうるささがアタマに来た隣の男が殺人に及ぶのである。広い王宮のような場所に住めばそのような悲劇はないだろうと思うが、王宮などというものは、家族の愛を育むには最悪の場所である。王宮の九十パーセントは、普段使っていない空間であろう。つまり他人のために備えられている無駄な空間を、他人のために管理しているオフィスなのである。

人は親子の愛や、別離の悲しみや、恋を語る時、決して大広間では、そのような感情を口にしない。人間が、人間らしい情感を伝える時に選ぶ面積は、昔から貧富の差なく、狭い場所だと決まっているのである。だから王宮のほとんどの部屋は、愛を入れるとすぐ冷めてしまう大皿のようなものだ。

人生の予想など当てにならず、与えられた状況を生きるほかない

私は毎年、お正月になると、来年まで、私は果たして生きていられるのだろうか、と思いました。これは小さい時からの癖で、それだけが、私の「年頭の所感」でした。そんな縁起でもないことを考えても、こうしてのめのめと四十余年も生きてしまったのですから、人間の予感なんて、全く根拠のないものです。

私に限らず誰にせよ、やはりどんなものであれ、与えられた状況を、今年も生きるほかないのでしょう。私がまだ書き続けるほうがいいのなら、周囲の状況が自然に私を書く方へもって行ってくれるでしょう。私が旅をすべきなら、旅が用意され、私が沈黙すべきなら、私は病気になるかも知れません。私が死んだら、私はみじめな老後を体験しなくてすんだことに感謝すればいいのですし、私が生き続けるということは、まだ働け、ということなのだと考えるようにしています。

自分の遺体が帰らない場合のことを考えて残した物

先日、引き出しを整理していたら、何のためにこんなゴミをしまっておいたのかわからないものが出て来た。よく見ると、ビニールの小袋に入れた私の爪と髪である。

私は普通の人と比べると「危険ではないですか」と言われる土地へよく旅をして来た。未開の土地に行くことは、準備に手間がかかる。薬一つ、ティッシュー袋売っていない。懐中電灯はいつもハンドバッグの中に入れるから重くていやになる。私たち文明社会の住人が一時的にでも途上国へ行くということは、これほど手がかかる。

私は旅先で死ぬことを、何度か考えた。それはむしろ自然なことだったと思う。それでもなお、未開な土地への誘惑は避けがたかったから、私は出かけたのだけれど、それでも自分の遺体が帰らない場合のことを考えて、こんな物を残していたのだろう。

孤独死はそれほど残忍なものでもない

孤独死はそれほど珍しくもなく、それほど残忍なものでもない。ドイツの強制収容所における死は、決して孤独死ではなかった。それはガス室の中であれ、普通の居住棟の中であれ、詰め込まれた人間たちの死であった。

私は一九七一年に初めて取材でアウシュヴィッツ（ポーランド南部の都市。第二次世界大戦中のドイツ軍占領時に強制収容所が設置され、四百万人を越すユダヤ人が虐殺された）に行ったが、当時はまだ外部の人に見せる体制も整っていなかったので、生々しい状況が残っていて心臓が結滞《けったい》するほどショックを受けた。

彼らが寝る場所は、日本風の押入れそっくりの構造であった。二段になった段の幅は約一間（約二メートル）ほどで、奥行きはぎりぎり人間の背丈ほどの長さである。ただその一段に十人くらいが詰め込まれていたというから、いくら彼らがやせ細っていても、平らになっては寝られない。横向きの格好で缶詰のイワシのように詰め込まれていたはずだ。

極端なことを言うなと叱られるかもしれないが、私はあれこそ「孤独死ではない死に方」だったと思う。しかしこの上なく無残な死であった。

孤独死にいたる老人には、それぞれの歴史がある。なかには子供好きで妻にも優しかったのに、どうしてか家族に恵まれなかった人もいただろう。私の伯父の一人にもそれに近かった人がいる。最初の妻は離婚したようだが、後三人の妻はつぎつぎと病死したのである。戦前のことだから、心臓の機能障害も打つ手はなかったし、肺炎でも結核でも死んだ。

今だったら四人目の妻が死んだ時、もし伯父が代々の妻たちに高額の保険金でもかけていれば、警察が聞きに来たかもしれない、と私たちは話し合ったこともある。最後に結婚した女医の奥さんだけは元気で生き延びてくれた。人間には不思議な運があって、それをどうしようもない。

しかし世間には煩わしい人間関係を拒んだ人もいるのだ。煩い親戚を避けようとしたり、好きな博打を禁じられるのが嫌だったり、妻や娘に疎んじられると自分は彼らの目の前から消えてやった方がいいと考えたりする。

その他、とにかく人と会ったり話したりするのが面倒だという人もいるし、一ヵ所に定住するのに耐えられない強固な放浪癖を持つ人もいる。あまり実生活の能力がなさ過ぎると誰もがいっしょに住むのを嫌がり、気がついたら一人だったというケースもあるだろう。

自分から望んでそうなった人と、結果として一人になってしまった人とがいる。しかしとにかく一人でも、その人たちは生きて来たのだし、一人でしか生きられないような性格や、生理を持った人というものは、まちがいなくいる。その人たちの人生の細部の幸不幸を外部が判断することはできない。ただ客観的に言えることは、どうにか飢え死にもせず、一定の歳まで生きて来たという事実は、それだけでも、世界的なレベルではいい方だ、ということだ。

最後の別れの食事

私の母も、よく人にご飯を食べさせる人だった。今でも忘れられないのは、明日戦地に発つ、という海軍士官が、我が家で最後の家庭料理を食べて行ったことだ。もっとも私は当時まだ十三歳だったから、その最後の「家庭のご飯」の意味もよくわからなかった。

戦争が厳しくなりかけの頃で、町の食堂もそろそろ食料不足で閉めている店が多くなり、母が親友の息子に「うちで食べておでかけなさい」と言うのも自然なことに思えるようになっていた時期だった。

しかしそれ以上に、母はその人を「家庭」から送り出したかったに違いない、という気がする。彼の家が、東京にあったなら、彼は最後に必ず母か姉の手作りの食事をして出征して行ったことだろう。

しかし地方出身者だと、発つ前の食事を、自分の家で、母の手作りの味で摂ることはできなかったのだ。それでも最後の食事は何とか家庭の味で送り出したい、と私の母は思ったに違いない。

その青年が生きて再び帰って来ることがないかもしれない、という苛酷な運命のことは、誰も口にしなかった。しかし当時は皆が知っていたのだ。

今の世の中には、そんな思いつめた別れの食卓などない。その分誰もが、食事に深い感謝もしていない。時分時《じぶんどき》になって、出されたから食べた、という感じのだらけたものになっている。しかし私たちはいつかは最後の別れの食事を摂る。

イエスもまた、弟子たちと最後の食事を摂った。弟子たちは何も知らなかったが、イエスはそれが自分の最後の晩餐になることを知っていた。

人間は常に、自分の置かれた厳しい現実を知らない、知らない、というより現実は知りたくないのだろう。

自分の死が迫っていることを知らなければ、実は人間は「その日」を生き切ることなどできない。しかし人間は充足などしなくてもいいから、自分の直面している恐ろしい死を知りたくないのだ。

果たして死はそれほど恐ろしいいか、ということになると、私は少し疑っている。

他人をばかと言う時、ばかと呼ばれた人と似たりよったりになる

もちろん私だって、人を悪く言うような下品な人間になりたくはない。

しかし私は人間というものは、誰も彼もが（もちろん自分も）同じ程度に愚かしい要素を持っているという前提のもとに、相手をばかだと罵って生きる瞬間もあるのだな、と思うのである。それは相手のばかさ加減をあげつらうためではなく、むしろ自分の愚かさを再認識することも含まれているように思う。私たちが他人をばかと言う時、必ずばかと呼ばれた人と似たりよったりなのだ。

捨てる女より捨てられる女になる方が好ましい

普段の私の性格は気が短い方だと思っている。何度か美容院を変わったのは、技術が気に入らないのではなく、ひたすら丁寧ぶってつまらないことに待たせたからである。私はさっさと仕事を始めてくれればいい、といつも急いでいるから、セレブ風の美容室の空気になじまないのである。

しかしほんとうの「和」の機会を摑むのは、待つことのできる温和で強い性格だと、よく知っている。家族の中の対立でも、友人の関係でも、状況は常に変わるからである。変わらない関係は一つもなかった。強情な性格で死ぬまで変わらなかったという人はいるが、他の要因は変わるのである。

私は今までに二人の人から絶交を言い渡された。どちらも女性であった。私からそんなことを告げたことは一度もない。男から言われたこともない。多分男はそんな場合、さっさと遠のいていくだけなのだ。女性の方が誠実とも言える。もう付き合わないと言われて私は当惑したが、その通りにした。二人とも理由を告げなかったのが不思議だった。喧嘩別れするくらいならはっきりと「あなたのこういうところが嫌いなのよ」と言えばいいのにと思ったが、二人共、日本人的な控えめな美徳を残していたのだろう。

私を嫌ったのは決して二人だけではないはずだ。他の多くの人は、黙って私を捨てたのだ。捨てられる立場というのは、優しくて穏やかでいい、と私は考える。ことに捨てる女より捨てられる女になる方が私は好きだ。捨てられている間に時間が状況を変質させることを信じているのである。私を捨てた二人のうちの一人は、数年後に連絡を取ってくれた。私は何事もなかったかのように友好関係を復活した。絶交の理由はわからないままだったが、わからないままなことも現世にはたくさんあると私は思うようになっていた。

見舞いは、かなり大事な人生の仕事である

見舞いというものは、かなり大事な人生の仕事ではないかと思う。

相手が病気で、自分が今は健康としたら、それは偶然なのである。人生は公平ではないのだ。人生の公平を願っても、おそらく未来永劫そうはならないだろう。

しかし不公平としたら、自分の手で、それを均《なら》すようにするのもいい。もし病人が退屈しているなら、そして社会から脱落し、忘れ去られはしないか恐れているなら、最低限、そうではない、ということを示すために訪ねるのは、実に人間的な仕事である。

修道院には当然、高齢や病気の神父や修道女がいる。その人たちにとっても病気は辛いものなのだ。もう働けないだけでなく、人の世話を受けなければならない。

しかし一九四一年、アウシュヴィッツで他人の身代わりになって、餓死刑を受

けて死んだマクシミリアノ・マリア・コルベ神父は、自分がたてた修道院の中で、誰よりも病床に就いている人を大切にした。毎日ゆっくりと見舞い、言葉をかけ、その上さらに仕事を与えた。どんな仕事かというと、働いている他の修道院の仲間たちのために祈ることであった。昼間働いている健康な者は、どうしても祈る時間が減ってしまう。修道士の中で、靴屋や仕立屋をやっている人は、毎日長時間働かねばならないからである。しかし病床にある人なら、時間がある。他人の分まで祈ってください、というわけだ。祈りは最も大切な行為だと神父は解釈する。だから病人や高齢者に引き受けてもらう、と言うのである。

人生には最後まで、思いがけない発展がある

投書の中で、すばらしいのがあった。その方は、私が新しい仕事に就いたのをきっかけに、今まで行ってみたこともなかった競艇場というところへ行ってみることにした。すると、あたりが汚いのにびっくりしてしまった。私が見に行った

平和島はそうでもなかったが、中にはきっとそういう競艇場もあるのだろう。

しかし、彼はそこで、もうあまり若いとは言えない一人の女性と知り合いになった。知り合う、と言っても恐らく日溜りの中で言葉を交わしただけなのだろうが、そこで彼は、その女性の生き方の一部を知ることになった。

彼女は、もと校長をしていた人であった。そして彼女は、人生の最後の段階の自由の中で、「少し悪いこともしてみたくなった」のであった。

私はこの言葉にほとんど涙ぐみそうになった。生涯のふくよかな完成とは、恐らくこういう境地を言うのであろう。この頃よく誤解されるのでくだらない説明もしておかなければならないが、涙ぐみそうになったのは、競艇場に来て頂いたことがありがたかったからではない。先生という職業上、世間で一応悪いと言われていることは全てすることのできなかった長い年月の果てに、彼女が「ほどほどの悪」かもしれないことも、自由にできるようになった境地を楽しむようになった、その日溜りの中のような姿に胸をうたれたからであった。人生には最後まで、思いがけないしなやかな発展がある。競艇場で初めて彼女は、人生を広角度で観られた。そして、そこにささやかな幸福も、思いがけない明るさも、信じられない優しさもあることを知った。

この話を、私はほんとうは短編小説にしたかったのである。しかし出典が明らかな投書にあった話を、黙って小説に書いてしまうことは憚《はばか》られた。だからこうして、いい話を、素朴に材料のまま伝えることにした。それもよかったと思う。

明らかにするために書くことは却って霧の深さを見極めるに終わるかもしれない

しかし結婚ほど理不尽なものがこの世にあるだろうか。私はひところ、東京大学の宇宙航空研究所か鹿児島県の内之浦であげているロケットや人工衛星を見学に通っていた。およそ科学的な頭のない私が、そこで働く学者や技術者の方々の背後に、惘然《もうぜん》と立っているのは、そこがむしろ理屈の通る世界だからであった。理由があれば、事は人間の意図したように間違いなく動き、もし危うげな要素があれば、その点を確かめて行って、遂には百パーセント近く安全であるという保証の得られる世界だからであった。そんなものは私の育った社会には一つもなかったのだ！　と言えば先生方は、逆に驚かれるであろう。しかし私は、自然科学の世界のその点に驚き、惹かれ、立ち去りかねるのである。

私一人でさえ、その心がどう動くかは保証の限りではない。朝そうであった思いが、夕方まで続かないことをしばしば感じている。もし私が、まあまあこれで一応平凡な人並な人間だとしたら、私に近いのが二人寄って暮らすのが結婚生活というものである。ましてやその上に、経済問題とか、心理的なものが大きな要素になる性が、絡んで来るのである。

夫婦という形態を考えついたのは、聖書によると「神」ということになっているが、一見これは何と危うげな、砂上の楼閣にも似た結びつきではないか。ただ人間の心は、物理学と違って、危機の時に却《かえ》って強くもなる。神には人間の心理専用の特別な物理学があって、そこからこの結婚という姿を思いつかれたのだろうかと思うことがある。

エッセイというものは本来は何かを明らかにするために書くのだろうけれど、

私は却って霧の深さを見極めるに終わるかもしれない、という気がしている。しかしともかくこの永遠の問題を見つめて、私は五里霧中を出発しようと思う。

価値観の突然の変質、物の考え方の成長が、結婚がもたらす大きな贈りもの

私が結婚を不合理だけれどおもしろいものだと思うのは、野獣が落とし穴に落ちるのと同じように、人間がワナに捕らえられることがある、ということである。「背の低い人だけはいや」と言っていた女性が、数年たってみると、自分より背が低く、そのために一層総身に知恵が廻っているように見える賢げな青年によりそっていることがある。彼女は一生、「ハイヒールをはいてダンスを踊れる相手と一緒になりたかったわ」というような愚痴を言ってみせるかもしれないが、心の中では現在の夫との生活を貴重に思うようになっている。

この価値観の突然の変質、物の考え方の成長が、本来、結婚が平凡な私たちにもたらす比類なく大きな贈りものである。それにはまず相手に会わなければなら

ない。それから結婚にすすむかどうかを考えても遅くはない。結婚を望むと言いながら、会わない前に条件をつける人、というのは、結婚をではなく「商取引」を望んでいるだけなのであろう。

「夫婦は他人」という原則を思い出せば、家の中の礼儀は正される

家庭の中で緊張を強いられるなんてまっぴらだ、という人がいるかもしれないが、実は緊張こそ生きていることの実感なのである。私はだらけている時に、しみじみ「ああ幸福だなあ」と思うことが多いが、それは緊張があってこそ対比としていいのであって、いつもいつもだらけていたら、気を抜いていられることの幸せも感じないであろう。

長い年月、結婚生活を続けて行ける、ということは、家庭が自分によって休まる所だから続くのである。しかしそのことと無作法を改めようとしないこととは別である。無作法のもとは、相手に対して色気を感じなくなるからである。それ

はどちらの責任でもあろうが、夫婦の間の本質的な礼儀を欠く、という現実に変わりはない。普段、知的な夫が、一度泥酔して、いつもと全く違う言葉を吐き、戻した食物を路上に散らしている姿を見た妻が、それ以来、どうしても以前と同じような尊敬を持てなくなったという実例を知っている。反対に、結婚生活に馴れた妻が、スリップ一枚で、ごろ寝をしている自分の上をまたいで通って行ったのを見て、これがあの結婚式の日の妻と同一人物だろうか、と思ったという夫も知っている。

ありがたいことに、無作法をやめるというのは、たとえばタバコをやめるより簡単である。「夫婦は他人」という原則を思い出せば、家の中の礼儀は多少守りやすくなるのではないだろうか。

どこの家にも家庭の事情がある

『うちはうちです』という言葉を、各家庭が持つべきだろう。うちのやり方が正しいのではない。しかしどこの家にも家庭の事情と趣味はある。片寄っていても押し通していいのである。

数万枚の生原稿と数百枚の写真を、田舎で焼いた

もう十年近く前になるだろうか、私たち夫婦は数万枚の生原稿とおそらく数百枚の写真を、田舎で焼いたのである。

別にニセ札を作ったことがあるので、証拠インメツを図ったわけでもないのだが、私たちは生前も死後も、できるだけ何も残さないことに決めていたのである。

なぜその時シュレッダーにかけることを思いつかなかったのかわからないのだが、心のどこかに、原稿は焼くのが当然と思っていたふしがある。大気汚染のことなど考えつかなかったことは申し訳ない。

死ぬ時に、せいぜいで五十枚くらいの写真を残す。

本は出版社に在庫を捌く上で迷惑にならない範囲ですべて絶版。

後に残るものは、私の作品を読んでくださっている方たちの手元にある本と記憶だけ、ということにしたかった。

死ぬということは消えることでもあるのだから、消させてください、という気持ちは、私の心理と深い関係があるらしい。

この原稿の火葬は、二人で遊び半分義務半分で、数日がかりでやったが、煙で喉は痛くなるし、眼も赤くなっていささかの後遺症はあったが、結構楽しい爽やかな作業であった。

六十年以上書いて来た積年の疲れか。朱門を見送った後の疲れか

昔から、我が家はお正月らしい騒ぎをしなかった。と、書くと少し不正確になる。私の子供の頃、私にとってお正月は魔の日々だった。

何人もの父の仕事関係の人たちが来て、うちの座敷でお酒を飲んでいた。何時間も帰らずに飲んでいる人もいる。

肴《さかな》が足りなくなれば、母はまた、台所で急遽簡単な肴を料理して出した時もあった。

その手のお客たちで、二日、三日はへとへとだった。子供の私も、日に何度も小皿やおちょこを洗うのを手伝った。

だから、私はお正月を、ではなく「正月の客」が嫌いになったのだ。

その「怨み」を結婚後、夫に話したら、「じゃ、うちの正月は留守ということにしよう」と言った。お互いの家族の歴史や心情をよく知らない出版社関係の方たちには、前年からそれとなく「関西に行く」それも買ったばかりの「新しい、中古車を運転して、大阪と京都に遊びに行きますのでうちは留守になります」と言った。

それで我が家にお年始客はないことになり、新年は、七日からスタートする習慣ができた。

しかし今年、私はほとんど寝正月だった。微熱があり一日眠っている。

「疲れが出たんですよ」と言ってくれる人もいる。

何の疲れか。
六十年以上書いて来た積年の疲れか。朱門を見送った後の疲れか。

あと数年、どうやら人間らしく生き続けられればいい

今年中に知人が数人、浴室で亡くなった。明日死んでも私は別に不足はないのだが、死ぬ時は人を驚かさない方がいいから、常識的に浴室を温めたりしている。

十二月の主な出来事は、くだらないことばかりだが、四日に私が階段から五段ほど滑り落ちて、鎖骨を折った。恥ずかしいことだから記録しておいた方がいい。私は階段の途中にしゃがみ込むようにして止まったのだが、その直後の痛みはすさまじいものだった。とにかく体中痛い。呼吸と思考はできる。肘から先は指まで動く。膝から先も動く。これで老後はどうやら安泰だと判断したが、階段から自力で脱出する方法がなかった。私はこれで二回目の救急車のお世話になった。申しわけなく恥ずかしい。

鎖骨のとび出た箇所は、レントゲンの結果折れた部分がうまく重なっているのでそのままにしておこうということになった。これも老年の素晴らしさだ。あと数年、どうやら人間らしく生き続けられればいいのである。幸いにして折れたままで、私は字も書ける。

少し痛いが顔も洗える。顔なんか洗えなくてもいいと思うのだが、皆が気にして訊いてくれるので、洗ってみたのだ。

あまり騒ぎ立てず、穏やかな笑顔で一生を終われればそれでいい

若い時、初めて地方紙に小説を連載した。約一年間、一日に原稿用紙三枚ずつ書いて、約一千枚の小説になる。スタート以前に、全編書き終わっている、という作家もいないではないが、たいてい荒筋を決めて一日三枚ずつ書いて行く。この作業自体、冒険と言えば冒険だ。

スタート前、一人の先輩が私に言った。

「名作書こうなんて思わなくていいんですよ。読者は大して作品のことなんか覚えちゃいないんですから。只、一年間死なずに書き終わって下さい。それだけがまあ、あるとすればあなたの任務です。無事に終わりゃいいんですよ」

この最後の一言の持つ意味は重い。成功も出世も、本当は要らないのだ。只、あまり騒ぎ立てず、穏やかな笑顔で一生を終わる。これだけが人間の義務なのかもしれない。

何一つ私のことは語らないし知らない

世間には自分が忘れられるのを恐れている人が多いような気がする。銅像を作ったり、自分の名前のついた賞や記念事業をしたがったりする。しかし私は、年を取ったり、死んだりした時、忘れ去られることほどすばらしいことはないと思う。もし私が人殺しでもしていたら、被害者の人たちに、私のことは忘れてくださいと言ったって忘れてもらえるものではない。だから忘れられるというのは、ほどほどに成功した人生の証拠である。私の亡骸《なきがら》が土に返り、その上を吹き過ぎる風も、その土に生える野の花も、何一つ私のことは語らないし知らない。そういう結末は実に明るい。

出典著作一覧（順不同）

『アメリカの論理　イラクの論理』ワック
『悪の認識と死の教え』青萠堂
『安逸と危険の魅力』講談社文庫
『引退しない人生』ＰＨＰ文庫
『生きるための闘い』小学館
『「受ける」より「与える」ほうが幸いである』大和書房
『運命は均《なら》される』海竜社
『女も好きなことをして死ねばいい』青萠堂
『あとは野となれ』朝日新聞出版
『安心したがる人々』小学館
『親子、別あり』（三浦太郎氏との共著）ＰＨＰ研究所
『老いを生きる覚悟』海竜社
『思い通りにいかないから人生は面白い』三笠書房
『介護の流儀』河出書房新社
『悲しくて明るい場所』光文社
『神さま、それをお望みですか』文春文庫

『仮の宿』ＰＨＰ研究所
『完本　戒老録』祥伝社
『結婚は、運。　夫婦、この不思議な関係』ＰＨＰ研究所
『この世に恋して』ワック
『最高に笑える人生』新潮社
『幸せの才能』海竜社
『死生論』産経新聞出版
『週刊ポスト』小学館　２００１・2月2日号
『人生の後片づけ』河出書房新社
『人生の終わり方も自分流』河出書房新社
『人生の値打ち』ポプラ社
『生活のただ中の神』海竜社
『善人は、なぜまわりの人を不幸にするのか』祥伝社黄金文庫
『続　夫の後始末　今も一つ屋根の下で』講談社
『続　誰のために愛するか』祥伝社
『それぞれの山頂物語』講談社
『ただ一人の個性を創るために』ＰＨＰ研究所
『狸の幸福』新潮文庫

『魂の自由人』光文社
『旅立ちの朝に』（アルフォンス・デーケン氏との共著）新潮文庫
『誰のために愛するか』祥伝社
『透明な歳月の光』講談社文庫
『波』新潮社　２０１９・２月号
『波』新潮社　２０１９・８月号
『日本人はなぜ成熟できないのか』（クライン孝子氏との共著）海竜社
『人間の愚かさについて』新潮新書
『人間の義務』新潮新書
『88歳の自由』興陽館
『晩年の美学を求めて』朝日新聞出版
『夫婦、この不思議な関係』ワック
『平和とは非凡な幸運』講談社
『人はなぜ戦いに行くのか』小学館
『人はみな「愛」を語る』（三浦朱門氏との共著）青春出版社
『人びとの中の私』海竜社
『人は星、人生は夜空』ＰＨＰ研究所
『人は怖くて嘘をつく』産経新聞社／扶桑社

『人びとの中の私』海竜社
『人間にとって病いとは何か』幻冬舎新書
『夫婦のルール』（三浦朱門氏との共著）講談社
『夫婦の美徳』小学館
『Voice』ＰＨＰ研究所　２０２０・4月号
『ほくそ笑む人々　昼寝するお化け　第三集』小学館
『ほんとうの話』新潮社
『不運を幸運に変える力』河出書房新社
『ゆうゆう』主婦の友社　２０２０・2月号
『老境の美徳』小学館
『私日記10　人生すべて道半ば』海竜社
『私日記11　いいも悪いも、すべて自分のせい』海竜社

※一部、出典著作の文章と表記を変更してあります。

曽野綾子

その・あやこ

1931年東京都生まれ。作家。聖心女子大学卒。『遠来の客たち』(筑摩書房)で文壇デビューし、同作は芥川賞候補となる。1979年ローマ教皇庁よりヴァチカン有功十字勲章を受章、2003年に文化功労者、1995年から2005年まで日本財団会長を務めた。1972年にNGO活動「海外邦人宣教者活動援助後援会」を始め、2012年代表を退任。『老いの僥倖』(幻冬舎新書)、『夫の後始末』(講談社)、『人生の値打ち』『私の後始末』『孤独の特権』『長生きしたいわけではないけれど。』『新しい生活』(すべてポプラ社)などベストセラー多数。

編集協力　髙木真明
　　　　　小泉昭子

ひとりなら、それでいいじゃない。

2021年 3 月15日　第1刷発行
2021年 4 月14日　第3刷

著　者　　曽野綾子
発行者　　千葉　均
編　集　　碇　耕一
発行所　　株式会社ポプラ社
〒102-8519　東京都千代田区麹町4-2-6
一般書ホームページ　www.webasta.jp
印刷・製本　中央精版印刷株式会社

N.D.C.914 ／ 238p ／ 18cm　　ISBN978-4-591-16970-4

P8008333